地球是人类的摇篮，但人类不可能永远生活在摇篮中。开始，他们将小心翼翼地穿出大气层。然后，去征服太阳系……

——“航天之父”康斯坦丁·齐奥尔科夫斯基

全彩插图
精装版

流浪地球

The Wandering Earth

刘慈欣 王晋康 著

中国经济出版社
CHINA ECONOMIC PUBLISHING HOUSE

图书在版编目（CIP）数据

流浪地球：全彩插图精装版 / 刘慈欣，王晋康著 . --北京：中国经济出版社，2023.7

（银河少年科幻名家通识启蒙系列）

ISBN 978 - 7 - 5136 - 7385 - 3

Ⅰ. ①流… Ⅱ. ①刘… ②王… Ⅲ. ①幻想小说—小说集—中国—当代 Ⅳ. ① I247.7

中国国家版本馆 CIP 数据核字 (2023) 第 130434 号

责任编辑　龚风光
责任印制　马小宾
封面设计　平　平

出版发行　中国经济出版社
印 刷 者　三河市九洲财鑫印刷有限公司
经 销 者　各地新华书店
开　　本　787mm × 1092mm　1/16
印　　张　11
字　　数　120 千字
版　　次　2023 年 7 月第 1 版
印　　次　2023 年 7 月第 1 次
定　　价　45.00 元
广告经营许可证　京西工商广字第 8179 号

中国经济出版社 **网址** www. economyph. com **社址** 北京市东城区安定门外大街 58 号 **邮编** 100011

本版图书如存在印装质量问题，请与本社销售中心联系调换（联系电话：010 - 57512564）

目 录

流浪地球

刘慈欣

刹车时代

我没见过黑夜，我没见过星星，我没见过春天、秋天和冬天。

我出生在“刹车时代”结束的时候，那时地球刚刚停止转动。

地球自转刹车用了42年，比联合政府的计划长了三年。妈妈给我讲过我们全家看最后一次日落的情景——太阳落得很慢，仿佛在地平线上停住了，用了三天三夜才落下去。当然，以后没有“白天”也没有“黑夜”了。东半球在相当长的一段时间里（有十几年吧）将处于永远的黄昏中，因为太阳在地平线下并没落深，还在半边天上映出它的光芒。

就在那次漫长的日落中，我出生了。

黄昏并不意味着昏暗，地球发动机把整个北半球照得通明。地球发动机安装在亚洲和美洲大陆上，因为只有这两个大陆完整坚实的板块结构才能承受发动机对地球巨大的推力。地球发动机共有 1.2 万台，分布在亚洲和美洲大陆的各个平原上。从我住的地方，可以看到几百台发动机喷出的**等离子体**光柱。你想象一座巨大的宫殿，有雅典卫城上的神殿那么大，殿中有无数根顶天立地的巨柱，每根柱子都像巨大的日光灯管那样发出蓝白色的强光，而你则是那巨大宫殿地板上的一个细菌，这样，你就可以想象到我所在的世界是什么样子了。其实这样描述还不是太准确，地球发动机的喷射必须有一定的角度，这样切线推力分量才能刹住地球的自转，所以天空中的那些巨型光柱是倾斜的，我们是处在一个将要倾倒的巨殿中！如果有人突然从南半球到北半球，多半会精神失常的。比这景象更可怕的是发动机带来的酷热，户外气温高达七八十摄氏度，必须穿冷却服才能外出。在这样的气温下，常常会有暴雨，而发动机光柱穿过乌云时的景象简直是一场噩梦！光柱蓝白色的强光在云中散射，变成无数种色彩组成的疯狂涌动的光晕，整个天空仿佛被白热的火山岩浆所覆盖。爷爷老糊涂了，有一次被酷热折磨得实在受不了，看到下大雨喜出望外，赤膊冲出门去，我们没来得及拦住他。外面的雨点已被地球发动机超高温的等离子光柱烤沸，把他身上烫脱了一层皮。

知识点拓展

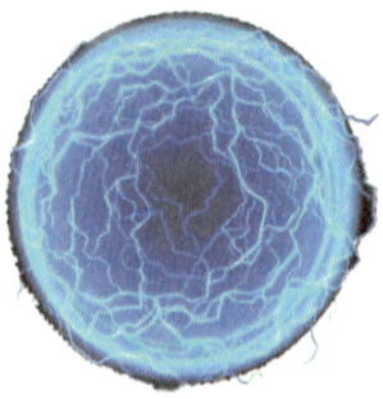

等离子体：由部分电子被剥夺后的原子及原子团被电离后产生的正负离子组成的离子化气体状物质，是除去固体、液体和气体外，物质存在的第四种形态。

但对于在北半球出生的我们这一代人来说，这一切都很自然，就如同刹车时代以前的人们看见太阳、星星和月亮时很自然一样。我们把那以前人类的历史都叫作“前太阳时代”，那真是个让人神往的黄金时代啊！

在我小学入学时，作为一门课程，老师带我们班的 30 个孩子进行了一次环球旅行。这时地球已经完全停转，地球发动机除了维持这颗行星的静止状态外，只进行一些姿态调整，所以从我三岁到六岁的三年中，光柱的光度大为减弱，这使得我们可以在这次旅行中更好地认识我们的世界。

我们首先近距离见到了地球发动机，是在石家庄附近的太行山出口处看到的。那是一座金属的高山在我们面前赫然耸立，占据了半个天空。同它相比，西边的太行山脉如同一串小土丘。有的孩子惊叹它如珠峰一样高。我们的班主任小星老师是一位漂亮姑娘，她笑着告诉我们，这台发动机的高度是 11 000 米，比珠峰还要高 2 000 多米，人们管它叫“上帝的喷灯”。我们站在它巨大的阴影中，感受着它通过大地传来的震动。

地球发动机分为两大类，大一些的叫“山”，小一些的叫“峰”。我们登上了“华北 794 号山”。登“山”比登“峰”花的时间长，因为“峰”是靠巨型电梯上下的，上“山”则要坐汽车沿盘“山”公路走。我们的汽车混在不见首尾的长长车队中，沿着光滑的钢铁公路向上爬行。我们的左边是青色的金属峭壁，右边是万丈深渊。车队由 50 吨重巨型自卸卡车组成，车上满载着从太行山上挖下的岩石。汽车很快升到了 5 000 米以上，下面的大地已看不清细节，只能看到地球发动机反射的一片青光。小星老师让我们戴上氧气面罩。随着我们距喷口越来越近，光度和温度都在剧增，面罩的颜色渐渐变深，冷却服中的微型压缩机也大功率地忙碌起来。在 6 000

米处，我们见到了进料口，一车车的大石块倒进那闪着幽幽红光的大洞中，一点声音都没传出来。我问小星老师：“地球发动机是如何把岩石做成燃料的？”

“**重元素**聚变是一门很深的学问，现在给你们还讲不明白。你们只需要知道，地球发动机是人类建造的力量最大的机器，比如我们所在的华北 794 号，全功率运行时能对大地产生 150 亿吨的推力。”

我们的汽车终于登上了山顶，喷口就在我们头顶上。由于光柱的直径太大，我们现在抬头看到的是一堵发着蓝光的等离子体巨墙，向上伸延到无限高处。这时，我突然想起不久前的一堂哲学课，那个憔悴的老师给我们出了一个谜语：“你在平原上走着走着，突然迎面遇到一堵墙，这墙向上无限高，向下无限深，向左无限远，向右无限远，这墙是什么？”

我打了一个寒战，随后把这个谜语告诉了身边的小星老师。她想了好长一会儿，困惑地摇摇头。我把嘴凑到她耳边，把那个可怕的谜底告诉她：“死亡。”

知识点拓展

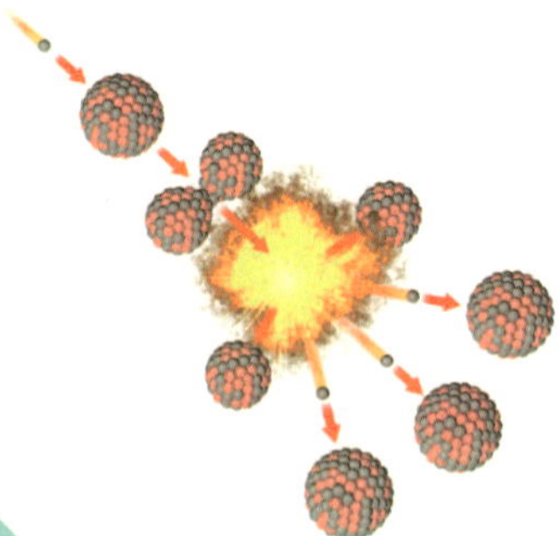

重元素：除去氢和氦之外的所有化学元素。由氢与氦通过恒星内部核聚变反应产生。在恒星爆发成为超新星之后，重元素会扩散到宇宙空间中去。

她默默地看了我几秒，突然把我紧紧地抱在怀里。我从她的肩上极目望去，迷蒙的大地上，耸立着一座座金属巨峰，从我们周围一直延伸到地平线。巨峰吐出的光柱，如一片倾斜的宇宙森林，刺破我们摇摇欲坠的天空。

我们很快到达了海边，看到城市摩天大楼的尖顶伸出海面，退潮时，白花花的海水从大楼无数的窗子中流出，形成一道道瀑布……刹车时代刚刚结束，其对地球的影响已触目惊心：地球发动机加速造成的潮汐吞没了北半球三分之二的大城市；发动机带来的全球高温融化了极地冰川，更给这大洪水推波助澜，波及南半球。爷爷在 30 年前目睹了百米高的巨浪吞没上海的情景，他现在讲这事的时候眼睛还直勾勾的。事实上，我们的星球还没起程就已面目全非了，谁知道在以后漫长的外太空流浪中，还有多少苦难在等着我们呢？

我们乘上一种叫“船”的古老交通工具，在海面上航行。地球发动机的光柱在后面越来越远，一天以后就完全看不见了。这时，大海处在两片霞光之间——一片是西面地球发动机的光柱产生的青蓝色霞光，一片是东方海平面下的太阳产生的粉红色霞光——它们在海面上的反射使大海也分成了闪耀着两色光芒的两部分，我们的船就行驶在这两部分的分界处，这景色真是奇妙。但随着青蓝色霞光的渐渐减弱和粉红色霞光的渐渐增强，一种不安的气氛在船上弥漫开来。甲板上见不到孩子们了，他们都躲在船舱里不出来，舷窗的帘子也被紧紧拉上。一天后，我们最害怕的时刻终于到来了。我们集合在那间用来做教室的大舱中，小星老师庄严地宣布：“孩子们，我们要去看日出了。”

没有人动。我们目光呆滞，像突然冻住一样僵在那儿。小星老师又催了几次，还是没人动。她的一位男同事说："我早就提过，环球体验课应该放在近代史课后面，学生在心理上就比较容易适应了。"

"那没什么用的。在近代史课前，他们早就从社会上知道一切了。"小星老师说。她接着对几位班干部说："你们先走，孩子们，不要怕，我小时候第一次看日出也很紧张的，但看过一次就好了。"

孩子们终于一个个站了起来，朝着舱门挪动脚步。这时，我感到一只湿湿的小手抓住了我的手，回头一看，是灵儿。

"我怕……"她嘤嘤地说。

"我们在电视上也看到过太阳，反正都一样的。"我安慰她说。

"怎么会一样呢，你在电视上看蛇和看真蛇一样吗？"

"反正我们得上去，要不这门课会被扣分的！"

我和灵儿紧紧拉着手，和其他孩子一起战战兢兢地朝甲板走去，去面对我们人生中的第一次日出。

"其实，人类把太阳同恐惧连在一起也只是这三四个世纪的事。这之前，人类是不怕太阳的，相反，太阳在他们眼中是庄严和壮美的。那时地球还在转动，人们每天都能看到日出和日落。他们对着初升的太阳欢呼，赞颂落日的美丽。"小星老师站在船头对我们说。海风吹动着她的长发，在她身后，海天连接处射出几道光芒，好像海面下的一头大得无法想象的怪兽喷出的鼻息。

终于，我们看到了那令人胆寒的火焰。开始只是天水连线上的一个亮点，但很快增大，渐渐显示出了圆弧的形状。这时，我感到自己的喉咙被什么东西掐住了，恐惧使我窒息，脚下的甲板仿佛突然消失，我在向海的深渊坠下去，坠下去……和我一起下坠的还有灵儿，她那蛛丝般柔弱的小身躯紧贴着我颤抖不已。还有其他孩子，其他所有人，整个世界，都在下坠。这时我又想起了那个谜语，我曾问过哲学老师，那堵墙是什么颜色的，他说应该是黑色的。我觉得不对，我想象中的死亡之墙应该是雪亮的，这就是为什么那道等离子体墙让我想起了死亡。这个时代，死亡不再是黑色的，而是闪电的颜色。当那最后的闪电到来时，世界将在瞬间变成蒸汽。

三个多世纪前，天体物理学家就发现太阳内部氢转化为氦的速度突然加快，于是，他们发射了上万枚探测器穿过太阳，最终建立了这颗恒星完整精确的数学模型。巨型计算机对这个模型计算的结果表明，太阳的演化已向主星序外偏移，氦元素的聚变将在很短的时间内传遍整个太阳内部，由此产生一次叫“**氦闪**”的剧烈爆炸。之后，太阳将变为一颗巨大但暗淡的**红巨星**，它膨胀到如此之大，地球将在太阳内部运行！事实上，在这之前的氦闪爆发中，我们的星球已被气化了。

知识点拓展

氦闪：在中等质量恒星的核心，或是白矮星表面堆积的氦突然开始的核聚变现象。

红巨星：一种处于演化晚期的恒星，是恒星燃烧到后期所经历的一个较短的不稳定阶段。红巨星时期的恒星表面温度相对很低，但极为明亮，体积非常巨大，因此得名。

这一切将在 400 年内发生，现在已过了 380 年。

太阳的灾变将炸毁和吞没太阳系所有适合居住的类地行星，并使所有类木行星完全改变形态和轨道。自第一次氦闪后，随着重元素在太阳中心的反复聚集，太阳氦闪将在一段时间内反复发生，这“一段时间”是相对于恒星演化来说的，其长度实际上可能是人类历史的上千倍。所以，人类在以后的太阳系中已无法生存下去，唯一的生路是向外太空恒星际移民。而按照人类目前的技术力量，全人类移民唯一可行的目标是半人马座比邻星，这是距我们最近的恒星，有 4.3 光年的路程。在这个问题上，人们已达成共识，争论的焦点在移民方式上。

为了加强教学效果，我们的船在太平洋上折返了两次，又给我们制造了两次日出。现在我们已完全适应了，也相信了南半球那些每天面对太阳的孩子确实能活下去。

以后我们就在太阳下航行了。太阳在空中越升越高，凉爽下来的天气又热了起来。我正在自己的舱里昏昏欲睡，忽然听到外面有喧闹纷乱的人声。灵儿推开门，探进头来。

“嗨，飞船派和地球派又打起来了！”

我对这事儿不感兴趣，他们已经打了四个世纪了。但我还是到外面看了看，在那打成一团的几个男孩儿中，一眼就看出了挑起事端的是阿东。他爸爸是个顽固的飞船派，因参加一次反联合政府的暴动，现在还被关在监狱里，有其父必有其子。

小星老师和几名健壮的船员好不容易才拉开架，阿东鼻子血糊糊的，他振臂高呼：“把地球派扔到海里去！”

“我也是地球派，也要扔到海里去？”小星老师问。

“地球派都扔到海里去！”阿东毫不示弱。现在，全世界飞船派情绪又呈上升趋势，所以他们又狂起来了。

“为什么这么恨我们？”小星老师问。

“我们不和地球派傻瓜在地球上等死！”其他几个飞船派小子接着喊了起来。

“我们要坐飞船走！飞船万岁！”

…………

小星老师按了一下手腕上的全息显示器，我们面前的空中立刻显示出一幅全息图像，孩子们的注意力被它吸引过去，暂时安静下来。那是一个晶莹透明的密封玻璃球，直径大约10厘米，球里有三分之二充满了水，水中有一只小虾、一小丛珊瑚和一些绿色的藻类植物，小虾在水中悠然地游动着。小星老师说：“这是阿东的一件自然课设计作品，小球中除了这几样东西外，还有一些看不见的细菌，它们在密封的玻璃球中相互依赖，相互作用。小虾以海藻为食，从水中摄取氧气，排出含有机物质的粪便和二氧化碳废气。细菌将这些东西分解成无机物质和二氧化碳。然后，海藻利用这些无机物质和二氧化碳在人造阳光的照射下进行光合作用，制造营养物质，生长和繁殖同时放出氧气，供小虾呼吸。这样的生态循环应该能使玻璃球中的生物在只有阳光供应的情况下生生不息。这是我见过的最好的课程设计。我知道，这里面凝聚了阿东和所有飞船派孩子的梦想，这就是你们梦中飞船的缩影啊！阿东告诉我，他按照计算机中严格的数学模型，对球中每一样生物进行了基因设计，使它们的新陈代谢正好达到平衡。他坚

信，球中的生命世界会长期存在下去，直到小虾寿命的终点。老师们都很钟爱这件作品。我们把它放到所要求强度的人造阳光下，默默地祝福阿东创造的这个小小的世界，能像他预想的那样长存。但现在，时间只过去了十几天……”

小星老师从随身带来的一个小箱子中小心翼翼地拿出了那个玻璃球。死去的小虾漂浮在水面上，水混浊不堪，腐烂的藻类植物已失去了绿色，变成一团没有生命的毛状物覆盖在珊瑚上。

“这个小世界死了。孩子们，谁能说出为什么？”小星老师把那个死亡的世界举到孩子们面前。

“它太小了！”

“说得对，太小了。小的生态系统，不管多么精确，也是经不起时间的风浪的。飞船派想象中的飞船也一样。”

“我们的飞船可以造得像上海或纽约那么大。”阿东说，声音比刚才低了许多。

“是的，按人类目前的技术最多也只能造这么大。但同地球相比，这样的生态系统还是太小了，太小了。”

“我们会找到新的行星。”

“这连你们自己也不相信。半人马座没有行星，最近的有行星的恒星在 850 光年以外，目前人类能建造的最快的飞船也只能达到光速的 0.5%，这样就需 17 万年才能到那儿，飞船规模的生态系统连这十分之一的时间都维持不了。孩子们，只有像地球这样规模的生态系统、这样气势磅礴的生态循环，才能使生命万代不息！人类在宇宙间离开了地球，就像婴儿在沙漠里离开了母亲！”

“可……老师，我们来不及了，地球来不及了——它还来不及加速到足够快，航行到足够远，太阳就爆炸了！”

“时间是够的，要相信联合政府！这话我说了很多遍。如果你们还不相信，我们就退一万步说：人类将自豪地去死，因为我们尽了最大的努力！”

人类的逃亡分为五步：第一步，用地球发动机使地球停止自转，使发动机喷口对准地球运行的反方向；第二步，全功率开动地球发动机，使地球加速到逃逸速度，飞出太阳系；第三步，在外太空继续加速，飞向比邻星；第四步，在中途使地球重新自转，掉转发动机方向，开始减速；第五步，地球泊入比邻星轨道，成为这颗恒星的行星。人们把这五步分别称为刹车时代、逃逸时代、流浪时代Ⅰ（加速）、流浪时代Ⅱ（减速）、新太阳时代。

整个移民过程将延续 2 500 年，100 代人。

我们的船继续航行，到了地球黑夜的部分。在这里，阳光和地球发动机的光柱都照不到。在大西洋清凉的海风中，我们这些孩子第一次看到了星空。天啊，那是怎样的景象啊，美得让我们心醉。小星老师一手搂着我们，一手指着星空。“看，孩子们，那就是半人马座，那就是比邻星，那就是我们的新家！”说完她哭了起来，我们也都跟着哭了，周围的水手和船长，这些铁打的汉子也流下了眼泪。所有的人都用泪眼望着老师指的方向，星空在泪水中扭曲抖动，唯有那颗星星是不动的。它是黑夜大海狂浪中远方陆地的灯塔，是冰雪荒原中快要冻死的孤独旅人前方隐现的火光，是我们心中的太阳，是人类在未来 100 代的苦海中唯一的希望和支撑……

在回家的航程中，我们看到了起航的第一个信号：夜空中出现了一颗巨

大的彗星，那是月球。人类带不走月球，就在月球上也安装了行星发动机，把它推离地球轨道，以免在地球加速时相撞。月球上行星发动机产生的巨大彗尾使大海笼罩在一片蓝光之中，群星看不见了。月球移动产生的引力潮汐使大海巨浪滔天，我们改乘飞机向南半球的家飞去。

起航的日子终于到了！

我们一下飞机，就被地球发动机的光柱照得睁不开眼，这些光柱比以前亮了几倍，而且所有光柱都由倾斜变成笔直。地球发动机开到了最大功率，加速产生的百米巨浪轰鸣着扑向每个大陆，灼热的飓风夹着滚烫的水沫，在林立的顶天立地的等离子光柱间疯狂呼啸，拔起了陆地上所有的大树……这时从宇宙空间看，我们的星球也成了一颗巨大的彗星，蓝色的彗尾刺破了黑暗的太空。

地球上路了，人类上路了。

就在起航时，爷爷去世了，他身上的烫伤已经感染。弥留之际，他反复念叨着一句话："啊，地球，我的流浪地球啊……"

逃逸时代

学校要搬入地下城了，我们是第一批入城的居民。校车钻进了一个高大的隧洞，隧洞呈不大的坡度向地下延伸。走了有半个钟头，我们被告知已入城了，可车窗外哪有城市的样子？只看到不断掠过的错综复杂的支洞和洞壁上无数的密封门，在高高的洞顶一排泛光灯下，一切都呈单调的金属蓝色。想到后半生的大部分时光都要在这个世界中度过，我们不禁黯然神伤。

“原始人就住洞里，我们又住洞里了。”灵儿低声说，这话还是让小星老师听见了。

“没有办法的，孩子们，地面的环境很快就要变得很可怕很可怕。那时，冷的时候，吐一口唾沫，还没掉到地上呢，就冻成小冰块儿了；热的时候，再吐一口唾沫，还没掉到地上，就变成蒸汽了！”

“冷我知道，因为地球离太阳越来越远了。可为什么还会热呢？”同车的一个低年级的小娃娃问。

“笨，没学过变轨加速吗？”我没好气地说。

“没有。”

灵儿耐心地解释起来，好像是为了缓解刚才的悲伤。“是这样，跟你想的不同，地球发动机没那么大劲儿，它只能给地球很小的加速度，不能把地球一下子推出绕日轨道。在地球离开太阳前，还要绕着它转 15 个圈呢！在这期间，地球会慢慢加速。现在，地球绕太阳转着一个挺圆的圈，可它的速度越快呢，这圈就越扁，越快越扁，越快越扁……所以后来，地球有时会离太阳很远很远，当然冷了……”

“可……还是不对！地球到最远的地方是很冷，可在扁圈的另一头儿，它离太阳……嗯，我想想，按轨道动力学，它离太阳还是现在这么近啊，怎么会更热呢？”

真是个小天才，记忆遗传技术使这样的小娃娃具备了成人的智力水平，这是人类的幸运，否则，像地球发动机这样连神都不敢想的奇迹，是不会在四个世纪内变成现实的。

我说："还有地球发动机呢，小傻瓜。现在，一万多台那样的大喷灯全功率开动，地球就成了火箭喷口的护圈了……你们安静点吧，我心里烦！"

我们就这样开始了地下的生活，像这样在地下 500 米处人口超过 100 万的城市遍布各个大陆。在这样的地下城中，我读完小学并升入中学。学校教育都集中在理工科上，艺术和哲学之类的教育被压缩到最少，人类没有这份闲心了。这是人类最忙的时代，每个人都有做不完的工作。历史课还是有的，只是课本中前太阳时代的人类历史在我们听来就像伊甸园中的神话一样。

我的父亲是空军的一名近地轨道宇航员，在家的时间很少。记得在变轨加速的第五年，在地球处于远日点时，我们全家到海边去过一次。运行到远日点顶端那一天，是一个如同新年或圣诞节一样的节日，因为这时地球距太阳最远，人们都有一种虚幻的安全感。像以前到地面上去一样，我们必须穿上带有核电池的全密封加热服。外面，地球发动机林立的刺目光柱是主要能看见的东西，地面世界的其他部分都淹没于光柱的强光中，看不出变化。我们乘飞行汽车飞了很长时间，到了光柱照不到的地方，到了能看见太阳的海边。这时的太阳只有棒球大小，一动不动地悬在天边，它的光芒只在自己的周围映出了一圈晨曦似的亮影。天空呈暗暗的深蓝色，星星仍清晰可见。举目望去，哪有海啊，眼前是一片白茫茫的冰原。在这封冻的大海上，有大群狂欢的人。焰火在暗蓝色的空中绽放，冰冻海面上的人们以一种反常的情绪狂欢着，到处都是喝醉了在冰上打滚儿的人，更多的人在声嘶力竭地唱着不同的歌，都想用自己的声音压住别人的。

“每个人都在不顾一切地过自己想过的生活，这也没有什么不好。”爸爸突然想起了一件事，“呵，忘了告诉你们，我爱上了黎星，我要离开你们和她在一起。”

“她是谁？”妈妈平静地问。

“我的小学老师。”我替爸爸回答。我升入中学已两年，不知道爸爸和小星老师是怎么认识的，也许是在两年前那个毕业仪式上？

“那你去吧。”妈妈说。

“过一阵子我肯定会厌倦，那时我就回来，你看呢？”

“你要愿意当然行。”妈妈的声音像冰冻的海面一样平稳，但很快激动起来，“啊，这一颗真漂亮，里面一定有全息散射体！”她指着刚在空中绽放的一朵焰火，真诚地赞美着。

在这个时代，人们看四个世纪以前的电影和小说时都莫名其妙。他们不明白，前太阳时代的人怎么会在无关生死的事情上倾注那么多的感情。当看到男女主人公为爱情而痛苦或哭泣时，他们的惊奇是难以言表的。在这个时代，死亡的威胁和逃生的欲望压倒了一切，除了当前太阳的状态和地球的位置，没有什么能真正引起他们的注意并打动他们了。这种注意力高度集中的关注，渐渐从本质上改变了人类的心理状态和精神生活。对于爱情这类东西，他们只是用余光瞥一下而已，就像赌徒在盯着轮盘的间隙抓住几秒喝口水一样。

过了两个月，爸爸真从小星老师那儿回来了，妈妈没有高兴，也没有不高兴。

爸爸对我说：“黎星对你印象很好，她说你是一个有创造力的学生。”

妈妈一脸茫然："她是谁？"

"小星老师嘛，我的小学老师，爸爸这两个月就是同她在一起的！"

"哦，想起来了！"妈妈摇头笑了，"我还不到四十，记忆力就成了这个样子。"

她抬头看看天花板上的全息星空，又看看四壁的全息森林，"你回来挺好，把这些图像换换吧，我和孩子都看腻了，但我们都不会调整这玩意儿。"

当地球再次向太阳跌去的时候，我们全家已经把爸爸和小星老师的事忘了。

有一天，新闻报道海冰在融化，于是我们全家又到海边去。地球正在通过火星轨道，按照这时太阳的光照量，地球的气温应该仍然是很低的，但由于地球发动机的影响，地面的气温正适宜。能不穿加热服或冷却服去地面，那感觉真令人愉快。地球发动机所在的半球天空还是老样子，但到达另一个半球时，真正感到了太阳的临近：天空是明朗的纯蓝色，太阳在空中已同起航前一样明亮了。可我们从空中看到海冰并没融化，还是一片白色的冰原。当我们失望地走出飞行汽车时，听到惊天动地的隆隆声，那声音仿佛来自这颗星球的最深处，真像地球要爆炸一样。

"这是大海的声音！"爸爸说，"因为气温骤升，厚厚的冰层受热不均匀，这很像陆地上的地震。"

突然，一声雷霆般尖厉的巨响插进这低沉的隆隆声中，我们后面看海的人们欢呼起来。我看到海面上裂开一道长缝，其开裂速度之快，如同广阔的冰原上突然出现的一道黑色闪电。接着在不断的巨响中，这样的裂缝一条接一条地在海冰上出现，海水从所有的裂缝中涌出，在冰原上形成一条条迅速扩散的急流。

回家的路上，我们看到荒芜已久的大地上，野草在大片大片地钻出地面，各种花朵竞相怒放，嫩叶给枯死的森林披上绿装……所有的生命都在抓紧时间焕发着活力。

随着地球和太阳的距离越来越近，人们的心也一天天揪紧了。到地面上来欣赏春色的人越来越少，大部分人都深深地躲进了地下城中，这不是为了躲避即将到来的酷热、暴雨和飓风，而是躲避那对越来越近的太阳的恐惧。有一天，在我睡下后，听到妈妈低声对爸爸说："可能真的来不及了。"

爸爸说："前四个近日点时也有这种谣言。"

"可这次是真的，我是从钱德勒博士夫人口中听说的，她丈夫是航行委员会的那个天文学家，你们都知道他的。他亲口告诉她，已观测到氦的聚集在加速。"

"你听着，亲爱的，我们必须抱有希望，这并不是因为希望真的存在，而是因为我们要做高贵的人。在前太阳时代，做一个高贵的人必须拥有金钱、权力或才能，而在今天，你只需要拥有希望。希望是这个时代的黄金和宝石，不管活多久，我们都要拥有它！明天把这话告诉孩子。"

和所有的人一样，我也随着近日点的到来而心神不定。有一天放学后，我不知不觉走到了城市中心广场，在广场中央有喷泉的圆形水池边呆立着，时而低头看着蓝莹莹的池水，时而抬头望着广场圆形穹顶上梦幻般的光波纹，那是池水反射上去的。

这时我看到了灵儿，她拿着一个小瓶子和一根小管儿，在吹肥皂泡。每吹出一串，她都呆呆地盯着空中飘浮的泡泡，看着它们一个个消失，然后再吹出一串……

“都这么大了还干这个，好玩吗？”我走过去问她。

灵儿见了我喜出望外，说：“我俩去旅行吧！”

“旅行？去哪儿？”

“当然是地面啦！”她挥手在空中划了一下，用手腕上的计算机甩出一幅全息图像，显示出一片落日下的海滩。微风吹拂着棕榈树，白浪拍打着金黄的沙滩，一对对情侣在铺满碎金的海面前相依相偎。“这是梦娜和大刚发回来的，他俩现在还满世界转呢，他们说外面现在还不太热，外面可好呢，我们去吧！”

“他们因为旷课刚被学校开除了。”

“哼，你根本不是怕这个，你是怕太阳！”

“你不怕吗？别忘了你因为怕太阳还看过精神科医生呢。”

“可我现在不一样了，我受到了启示！你看，”灵儿用小管儿吹出了一串肥皂泡，“盯着它看！”她用手指着一个肥皂泡说。

我盯着那个泡泡，看到它表面上光和色的狂澜，那狂澜以人的感觉无法把握的复杂和精细在涌动，好像那个泡泡知道自己生命短暂，所以要疯狂地把自己浩如烟海的记忆中无数的梦幻和传奇向世界演绎。很快，光和色的狂澜在一次无声的爆炸中消失了。我看到了一小片似有似无的水汽，这水汽也只存在了半秒，然后什么都没有了，好像什么都没有存在过。

“看到了吗？地球就是宇宙中的一个小水泡，啪的一下，什么都没了，有什么好怕的呢？”

“不是这样的，据计算，在氦闪发生时，地球被完全蒸发掉至少需要100个小时。”

“这就是最可怕之处了！”灵儿大叫起来，“我们在这地下 500 米，就像馅儿饼里的肉馅儿一样，先给慢慢烤熟了，再蒸发掉！”

一阵冷战传遍我的全身。

“但在地面就不一样了，那里的一切瞬间被蒸发，地面上的人就像那泡泡一样，啪的一下……所以，氦闪时还是在地面上为好。”

不知为什么，我没同她去，她就同阿东去了，我以后再也没见到他们。

氦闪并没有发生，地球高速掠过了近日点，第六次向远日点升去，人们绷紧的神经松弛下来。由于地球自转已停止，在绕日轨道的这一侧，亚洲大陆上的地球发动机面朝地球的运行方向，所以在通过近日点前都停了下来，只是偶尔做一些调整姿态的运行。我们这儿处于宁静而漫长的黑夜之中，美洲大陆上的发动机则全功率运行，那里成了火箭喷口的护圈。由于太阳这时正悬挂在西半球，那儿的高温更是可怕，草木生烟。

地球的变轨加速就这样年复一年地进行着。每当地球向远日点升去时，人们的心也随着地球与太阳距离的日益拉长而放松；而当它在新的一年向太阳跌去时，人们的心就一天天紧缩起来。每次到达近日点，社会上就谣言四起，说太阳氦闪就要在这时发生。直到地球再次升向远日点，人们的恐惧才随着天空中渐渐变小的太阳平息下来，但下一次的恐惧又在酝酿……人类的精神像在荡着一个宇宙秋千，更恰当地说，在经历着一场宇宙俄罗斯轮盘赌——升上远日点和跌向太阳的过程是在转动弹仓，掠过近日点时则是扣动扳机！每扣一次时的神经比上一次更紧张。我就是在这种交替的恐惧中度过了自己的少年时代。其实仔细想想，即使在远日点，地球也未脱离太阳氦闪的威力圈，如果那时太阳氦闪爆发，地球不是被气化而是被慢慢液化，那种结果还真不如在近日点。

在逃逸时代，大灾难接踵而至。

由于地球发动机产生的加速度及运行轨道的改变，地核中铁镍核心的平衡被扰动，其影响穿过**古登堡不连续面**，波及地幔。各个大陆地热逸出，火山爆发，这对于人类的地下城市是致命的威胁。从第六次变轨周期后，在各大陆的地下城中，岩浆渗入灾难频繁发生。

那天当警报响起来的时候，我正走在放学回家的路上，听到市政厅的广播："F112 市全体市民注意，城市北部屏障已被**地应力**破坏，岩浆渗入！岩浆渗入！现在岩浆流已到达第四街区！公路出口被封死，全体市民到中心广场集合，通过升降梯向地面撤离。注意，撤离时按《危急法》第五条行事。强调一遍，撤离时按《危急法》第五条行事！"

知识点拓展

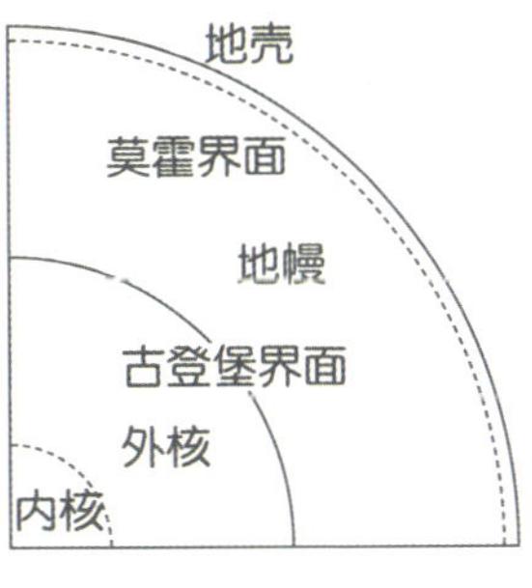

古登堡不连续面：是地幔与地核的分界面，因发现者德裔美籍学者古登堡而得名。地震波在传播时，在地球内部深度约 33 千米处波速会有一个显著的变化（此处称为莫霍界面，是地壳与地幔的分界线）；在深度约为 2 900 千米处，地震波传播状态也会发生明显的改变，此处被称为古登堡界面。古登堡界面以上到莫霍界面之间的地球部分称为地幔；古登堡界面以下到地心之间的地球部分称为地核。

地应力：是存在于地壳中的未受工程扰动的天然应力，也称岩体初始应力、绝对应力或原岩应力；广义上也指地球体内的应力，包括由地热、重力、地球自转速度变化及其他因素产生的应力。

我环视了一下四周迷宫般的通道，地下城现在看上去并没有什么异常。但我知道现在的危险：只有两条通向外部的地下公路，其中一条去年因加固屏障的需要已被堵死，如果剩下的这条也被堵死了，就只有通过经竖井直通往地面的升降梯逃命了。升降梯的载运量很小，要把这座城市的 36 万人运出去需要很长时间，但也没有必要去争夺生存的机会，联合政府的《危急法》把一切都安排好了。

古代曾有过一个伦理学问题：当洪水到来时，如果一次只能救走一个人，是去救父亲呢，还是去救儿子？在这个时代的人看来，这个问题很不可理解。

当我到达中心广场时，看到人们已按年龄排起了长队。最靠近电梯口的是由机器人保育员抱着的婴儿，然后是幼儿园的孩子，再往后是小学生……我排在队伍靠前的部分。爸爸现在在近地轨道值班，城里只有我和妈妈。我现在看不到妈妈，就顺着长长的队伍往后跑，没跑多远就被士兵拦住了。我知道她在最后一段，因为这座城市是学校集中地，家庭很少，她已经算年纪大的那批人了。

长队以让人心里着火的慢速度向前移动。三个小时后，轮到我跨进升降梯时，我心里一点都不轻松，因为这时在妈妈和生存之间，还隔着两万多名大学生呢！而我已闻到了浓烈的硫黄味……

我到地面两个半小时后，岩浆就在 500 米深的地下吞没了整座城市。我心如刀绞地想象着妈妈最后的时刻：她同没能撤出的 1.8 万人一起，看着岩浆涌进市中心广场。那时已经停电，整个地下城只有岩浆那可怖的暗红色光芒。广场那高大的白色穹顶在高温中渐渐变黑，所有的遇难者可能还没接触到岩浆，就被这上千度的高温夺去了生命。

但生活还在继续，在这残酷可怕的现实中，爱情仍不时闪现出迷人的火花。为了缓解人们的紧张情绪，在第 12 次到达远日点时，联合政府居然恢复了中断达两个世纪的奥运会。我作为一名机动雪橇拉力赛选手参加了奥运会，驾驶机动雪橇，从上海出发，沿冰面横穿封冻的太平洋，再横穿美洲大陆，到达终点纽约。

发令枪响过之后，上百只雪橇在冰冻的海洋上以每小时 200 千米左右的速度出发了。开始还有几只雪橇相伴，但两天后，它们或前或后，都消失在地平线之外。这时，背后地球发动机的光芒已经看不到了，我正处于地球最黑暗的部分。在我眼中，世界就是由广阔的星空和向四面无限延伸的冰原组成的，这冰原似乎一直延伸到宇宙的尽头，或者它本身就是宇宙的尽头。而在无限的星空和无限的冰原组成的宇宙中，只有我一个人！雪崩般的孤独感压倒了我，我想哭。我拼命地赶路，名次已无关紧要，只是为了在这可怕的孤独感杀死我之前尽早地摆脱它，而那想象中的彼岸似乎根本就不存在。

就在这时，我看到天边出现了一个人影。近了些后，我发现那是一个姑娘，正站在她的雪橇旁，她的长发在冰原上的寒风中飘动。你知道这时遇见一个姑娘意味着什么——我们的后半生由此决定了。她是日本人，叫山彬加代子。女子组比我们先出发 12 个小时，她的雪橇卡在冰缝中，把一根滑竿卡断了。我一边帮她修雪橇，一边把自己刚才的感觉告诉她。

“您说得太对了，我也是那样的感觉！是的，好像整个宇宙中就只有你一个人！知道吗？我看到您从远方出现时，就像看到太阳升起一样呢！”

“那你为什么不叫救援飞机？”

“这是一场体现人类精神的比赛。要知道，流浪地球在宇宙中是叫不到救援的！”她挥动着小拳头，以日本人特有的执着说。

“不过现在总得叫了，我们都没有备用滑竿，你的雪橇修不好了。”

“那我坐您的雪橇一起走好吗？如果您不在意名次的话。”

我当然不在意，于是，我和加代子一起在冰冻的太平洋上走完了剩下的漫长路程。经过夏威夷后，我们看到了天边的曙光。在被那个小小的太阳照亮的无际冰原上，我们向联合政府的民政部发去了结婚申请。

当我们到达纽约时，这个项目的裁判们早等得不耐烦，收摊走了。但有一个民政局的官员在等我们，他向我们致以新婚的祝贺，然后开始履行职责：他挥手在空中画出一幅全息图像，上面整齐地排列着几万个圆点，代表这几天全世界有几万对男女向联合政府申请结婚。由于环境的严酷，法律规定每三对新婚配偶中只有一对有生育权，抽签决定。加代子对着半空中那几万个点犹豫了半天，点了中间的一个。当那个点变为绿色时，她高兴得跳了起来。但我的心中却不知是什么滋味。我的孩子出生在这个苦难的时代，是幸运还是不幸呢？那个官员倒是兴高采烈，他说每当一对儿“点绿”的时候，他都十分高兴。他拿出了一瓶伏特加，我们三个轮着一人一口地喝，为人类的延续干杯。我们身后，遥远的太阳用它微弱的光芒给自由女神像镀上了一层金辉。对面，是早已无人居住的曼哈顿的摩天大楼群，微弱的阳光把它们的影子长长地投在纽约港寂静的冰面上。醉意蒙眬的我，眼泪涌了出来。

地球，我的流浪地球啊！

分手前，官员递给我们一串钥匙，醉醺醺地说：“这是你们在亚洲分到的房子，回家吧。哦，家多好啊！”

“有什么好的？”我漠然地说，“亚洲的地下城充满危险，这你们在西半球当然体会不到。”

“我们马上也有你们体会不到的危险了，地球又要穿过小行星带，这次是西半球对着运行方向。”

“上几个变轨周期也经过小行星带，不是没什么大事吗？”

“那只是擦着小行星带的边缘走，太空舰队当然能应付，他们可以用激光和核弹把地球航线上的那些小石块都清除掉。但这次……你们没看新闻？这次地球要从小行星带正中穿过去！舰队要对付的是那些大石块，唉……”

在回亚洲的飞机上，加代子问我：“那些石块很大吗？”

我父亲现在就在太空舰队干那件工作，所以尽管政府为了避免惊慌照例封锁消息，我还是知道一些情况。我告诉加代子，那些石块大得像一座大山，5 000 万吨级的热核炸弹只能在上面打出一个小坑。“他们就要使用人类手中威力最大的武器了！”我神秘地告诉加代子。

“你是说反物质炸弹？”

“还能是什么？”

“太空舰队的巡航距离是多远？”

“现在他们力量有限，我爸说只有 150 万千米左右。”

“啊，那我们能看到了！”

“最好别看。”

加代子还是看了，而且是没戴护目镜看的。反物质炸弹的第一次闪光是在我们起飞不久后从太空传来的，那时加代子正在欣赏飞机舷窗外空中的星星，这使她的双眼失明了一个多小时，以后的一个多月眼睛都红肿流泪。那真是让人心惊肉跳的时刻，反物质炸弹不断地击中小行星，强光在漆黑的太空中此起彼伏地闪现，仿佛宇宙中有一群巨人围着地球用闪光灯疯狂拍照似的。

半小时后，我们看到了火流星，它们拖着长长的火尾划破长空，给人一种恐怖的美感。火流星越来越多，在空中划过的距离越来越长。突然，机身在一声巨响中震颤了一下，紧接着又是连续的巨响和震颤。加代子惊叫着扑到我怀中，她显然以为飞机被流星击中了，这时舱里响起了机长的声音。

“请各位乘客不要惊慌，这是流星冲破音障产生的超音速爆音。请大家戴上耳机，否则您的听力会受到永久性损害。由于飞行安全已无法保证，我们将在夏威夷紧急降落。”

这时我盯住了一颗火流星，那个火球比别的大出许多，我不相信它能在大气中烧完。果然，那火球疾驰过大半个天空，越来越小，但还是坠人了冰海。我从万米高空看到，海面被击中的位置出现了一个小白点，那白点立刻扩散成一个白色的圆圈，圆圈迅速在海面扩大。

“那是浪吗？”加代子颤着声儿问我。

“是浪，上百米的浪。不过海封冻了，冰面会很快使它衰减的。”我自我安慰地说，不再看下面。

我们很快在檀香山降落，由当地政府安排去地下城。我们的汽车沿着海岸走，天空中布满了火流星，那些红发恶魔好像是从太空中的某一个点同时迸发出来的。一颗流星在距海岸不远处击中了海面，没有看到水柱，但水蒸气形成的白色蘑菇云高高地升起。涌浪从冰层下传到岸边，厚厚的冰层轰隆隆地破碎了，冰面显出了浪的形状，好像有一群柔软的巨兽在冰下排着队游过。

“这颗流星有多大？”我问那位来接应我们的官员。

“不超过 5 千克，不会比你的脑袋大吧。不过刚接到通知，在北方 800 千米外的海面上，刚落下一颗 20 吨左右的。”

这时他手腕上的通信机响了，他看了一眼后对司机说：“来不及到 204 号门了，就近找个入口吧！”

汽车拐了个弯，在一个地下城入口前停了下来。我们下车后，看到入口处有几个士兵，他们都一动不动地盯着远方，眼里充满了恐惧。我们顺着他们的目光看去，在天海连线处，我们看到一道黑色的屏障，乍一看好像是天边低低的云层，但那“云层”的高度太整齐了，像一堵横在天边的长墙，再仔细看，墙头还镶着一线白边。

“那是什么呀？”加代子怯生生地问一个军官，得到的回答让我们毛发直竖。

“浪。”

地下城高大的铁门隆隆地关上了。约莫过了 10 分钟，我们感受到从地面传来的低沉的声音，咕噜噜的，像一个巨人在地面打滚。我们面面相觑，大家都知道，百米高的巨浪正在滚过夏威夷，也将滚过各个大陆。但另一种震动更吓人，仿佛有一只巨拳从太空中不断地击打地球。在地下，这震动并不大，只能隐约感到，但每一次震动都直达我们灵魂深处。这是流星在不断地击中地面。

我们的星球所遭到的残酷轰炸断断续续持续了一个星期。

当我们走出地下城时，加代子惊叫："天啊，天怎么是这样的！"

天空是灰色的，这是因为高层大气弥漫着小行星撞击陆地时产生的灰尘，星星和太阳都消失在这无际的灰色中，仿佛整个宇宙在下着一场大雾。地面上，滔天巨浪留下的海水还没来得及退去就封冻了，城市幸存的高楼形单影只地立在冰面上，挂着长长的冰凌柱。冰面上落了一层撞击尘，于是这个世界只剩下一种颜色——灰色。

我和加代子继续回亚洲的旅行。在飞机越过早已无意义的国际日期变更线时，我们见到了人类所见过的最黑的黑夜。飞机仿佛潜行在墨汁的海洋中，我们看着机舱外那没有一丝光线的世界，心情也黯淡到了极点。

"什么时候到头呢？"加代子喃喃地说。我不知道她指的是这段旅程，还是这充满苦难和灾难的生活，我现在觉得两者都没有尽头。是啊，即使地球航出了氦闪的威力圈，我们得以逃生，又怎么样呢？我们只是那漫长阶梯的最下一级，当我们的 100 代子孙爬上阶梯的顶端，见到新生活的光明时，我们的骨头都变成灰了。我不敢想象未来的苦难和艰辛，更不敢想象要带着爱人和孩子走过这条看不到头的泥泞路，我累了，实在走不动了……就在我被悲伤和绝望逼到窒息的时候，机舱里响起了一声女人的惊叫："啊！不！不能，亲爱的！"

我循声看去，见那个女人正从旁边的一个男人手中夺下一把手枪，他刚才显然想把枪口凑到自己的太阳穴上。这人很瘦弱，目光呆滞地看着前方无限远处。女人把头埋在他膝上，嘤嘤地哭了起来。

“安静。”男人冷冷地说。

哭声消失了，只有飞机发动机的嗡嗡声在轻响，像不变的哀乐。在我的感觉中，飞机已粘在这巨大的黑暗中，一动不动，而整个宇宙，除了黑暗和飞机，什么都没有了。加代子紧紧钻在我怀里，浑身冰凉。

突然，机舱前部一阵骚动，有人在兴奋地低语。我向窗外看去，发现飞机前方出现了一片朦胧的光亮，那光亮是蓝色的，没有形状，十分均匀地出现在前方弥漫着撞击尘埃的夜空中。

那是地球发动机的光芒。

西半球的地球发动机已被陨石击毁了三分之一，但损失比起航前预测的要少；东半球的地球发动机由于背向撞击面，完好无损。从功率上来说，它们是能使地球完成逃逸航行的。

在我眼中，前方朦胧的蓝光，如同从深海漫长上浮后看到的海面的亮光，我的呼吸又顺畅起来。

我又听到那个女人的声音：“亲爱的，痛苦呀恐惧呀这些东西，也只有在活着时才能感觉到。死了，死了什么也没有了，那边只有黑暗，还是活着好。你说呢？”

那瘦弱的男人没有回答，他盯着前方的蓝光，眼泪流了下来。我知道他能活下去了。只要那代表希望的蓝光还亮着，我们就都能活下去，我又想起了父亲关于希望的那些话。

下了飞机，我和加代子没有去我们在地下城中的新家，而是到设在地面的太空舰队基地去找父亲，但在基地，我只见到了追授给他的一枚冰冷的勋章。这勋章是一名空军少将给我的，他告诉我，在清除地球航线上的小行星的行动中，一块被反物质炸弹炸出的小行星碎片击中了父亲的单座微型飞船。

“当时那个石块和飞船的相对速度有每秒 100 千米，撞击使飞船座舱瞬间气化了，他没有一点痛苦，我向您保证，没有一点痛苦。”将军说。

当地球又向太阳跌回去的时候，我和加代子又到地面上来看春天，但没有看到。世界仍是一片灰色。阴暗的天空下，大地上分布着由残留海水形成的一个个冰冻湖泊，见不到一点绿色。大气中的撞击尘埃挡住了阳光，使气温难以回升。甚至到了近日点，海洋和大地也没有解冻，太阳只是一片朦胧的光晕，仿佛是撞击尘埃后面的幽灵。

三年以后，空中的撞击尘埃才有所消散，人类终于最后一次通过近日点，向远日点升去。在这个近日点，东半球的人有幸目睹了地球历史上最快的一次日出和日落。太阳从海平面上一跃而起，迅速划过长空，大地上万物的影子快速地变换着角度，仿佛是无数根钟表的秒针。这也是地球上最短的一个白天，只有不到一个小时。当太阳没入地平线，黑暗再度降临大地时，我感到一阵伤感。这转瞬即逝的一天，仿佛是对地球在太阳系 45 亿年进化史的一个短暂总结。直到宇宙末日，地球也不会再回来了。

“天黑了。”加代子忧伤地说。

“最长的一夜。”我说。东半球的这一夜将延续 2 500 年，100 代人后，半人马座的曙光才能再次照亮这片大陆。西半球也将面临最长的白天，但比这里的黑夜要短得多。在那里，太阳将很快升到天顶，然后一直静止在那个位置上渐渐变小，半个世纪内，它就会融入星群难以分辨了。

按照预定的航线，地球升向与木星的会合点。航行委员会的计划是：地球第 15 圈的公转轨道是如此之扁，以至于它的远日点到达木星轨道，地球将与木星在几乎相撞的距离上擦身而过。在木星巨大引力的拉动下，地球将最终达到逃逸速度。

离开近日点后两个月，就能用肉眼看到木星了。它开始只是一个模糊的光点，但很快显出圆盘的形状。又过了一个月，木星在地球上空已有满月大小，呈暗红色，能隐约看到上面的条纹。这时，15 年来一直垂直的地球发动机光柱中有一些开始摆动，地球在做会合前最后的姿态调整。木星渐渐沉到了地平线下。以后的三个多月，木星一直处在地球的另一面，我们看不到它，但知道两颗行星正在交会之中。

有一天我们突然被告知东半球也能看到木星了，于是人们纷纷从地下城中来到地面。我走出城市的密封门来到地面，发现开了 15 年的地球发动机已经全部关闭了。

我再次看到了星空，这表明同木星最后的交会正在进行。人们都在紧张地盯着西方的地平线。地平线上出现了一片暗红色的光，那光区渐渐扩大，伸延到整个地平线的宽度。我现在发现，那暗红色的区域上方同漆黑的星空有一道整齐的边界，那边界呈弧形，从地平线的一端跨到了另一端，在缓缓升起，巨弧下的天空都变成了暗红色，仿佛一块同星空一样大小的暗红色幕布逐渐把地球同整个宇宙隔开。当我回过神来时，不由得倒吸一口冷气，那暗红色的幕布就是木星！我早就知道木星的体积是地球的 1 300 倍，现在才真正感觉到它的巨大。这宇宙巨怪在整个地平线上升起时引发的恐惧和压抑是难以用语言描述的。一名记者后来写道："不知是我身处噩梦中，还是这整个宇宙都是造物主巨大而变态的头脑中的噩梦！"木星恐怖

地上升着，渐渐占据了半个天空。这时，我们可以清楚地看到它云层中的风暴，那风暴把云层搅动成让人迷茫的混乱线条。我知道，那厚厚的云层下是沸腾的液氢和液氦的大洋。著名的大红斑出现了，这个在木星表面维持了几十万年的大旋涡大得可以吞下整整三个地球。这时木星已占满了整个天空，地球仿佛是浮在木星沸腾的暗红色云海上的一只气球！而木星的大红斑就处在天空正中，如一只红色的巨眼盯着我们的世界，大地笼罩在它那阴森的红光中……谁都无法相信小小的地球能逃出这巨大怪物的引力场。从地面上看，地球甚至连成为木星的卫星都不可能。

我们似乎就要掉进那无边云海覆盖着的地狱中去了！但领航工程师的计算是精确的，迷乱的暗红色的天空继续缓缓移动，不知过了多长时间，西方的天边露出了黑色的一角，那黑色迅速扩大，其中有星星在闪烁——地球正在冲出木星的引力魔掌。这时警报尖叫起来，木星产生的引力潮汐正在向内陆推进。后来得知，百米多高的巨浪再次横扫了整个大陆。在跑进地下城的密封门时，我最后看了一眼仍占据半个天空的木星，发现木星的云海中有一道明显的划痕，后来知道，那是地球引力作用在木星表面留下的痕迹——我们的星球也在木星表面拉起了如山的液氢和液氦的巨浪。这时，木星巨大的引力正在把地球加速甩向外太空。

离开木星时，地球已达到了逃逸速度，它不再需要返回潜藏着死亡的太阳系，而是向广漠的外太空飞去。漫长的流浪时代开始了。

就在木星暗红色的阴影下，我的儿子在地层深处出生了。

叛乱

离开木星后，亚洲大陆上一万多台地球发动机再次全功率开动。这一次，它们要不停地运行 500 年，不停地加速地球。这 500 年中，发动机将把亚洲大陆上一半的山脉当作燃料消耗掉。

从四个多世纪的死亡恐惧中解脱出来，人们长出了一口气。但预料中的狂欢并没有出现，接下来发生的事情出乎所有人的想象。

在地下城的庆祝集会后，我一个人穿上密封服来到地面。童年时熟悉的群山已被超级挖掘机夷为平地，大地上只有裸露的岩石和坚硬的冻土，冻土上到处是白色的斑块，那是大海潮留下的盐渍。面前那座爷爷和爸爸度过了一生的曾有千万人口的大城市，现在已是一片废墟，钢筋外露的高楼残骸在地球发动机光柱的蓝光中拖着长长的影子，好像是史前巨兽的化石……一次次的洪水和小行星的撞击已摧毁了地面上的一切，各大陆上的城市和植被都荡然无存，地球表面已变成火星一样的荒漠。

这一段时间，加代子心神不定。她常常扔下孩子不管，一个人开着飞行汽车出去旅行，回来后，只是说她去了西半球。最后，她拉我一起去了。

我们的飞行汽车以四倍音速飞行了两个小时，终于能够看到太阳了。它刚刚升出太平洋，看上去只有棒球大小，给冰封的洋面投下一片微弱的、冷冷的光芒。加代子把飞行汽车悬停在 5 000 米的空中，然后从后面拿出了一个长长的东西，去掉封套后，我看到那是一架天文望远镜，业余爱好者用的那种。加代子打开车窗，把望远镜对准太阳，让我看。

从有色镜片中，我看到了放大几百倍的太阳，我甚至清楚地看到太阳表面缓缓移动的明暗斑点，还有日球边缘隐隐约约的**日珥**。

加代子把望远镜同车内的计算机连起来，记录下一幅太阳影像。然后，她又调出了另一幅太阳图像，说："这是四个世纪前的太阳图像。"接着，计算机对两幅图像进行比较。

"看到了吗？"加代子指着屏幕说，"它们的光度、像素排列、像素概率、层次统计等参数都完全一样！"

我摇摇头说："这能说明什么？一架玩具望远镜，一个低级图像处理程序，加上你这个无知的外行……别自寻烦恼了，别信那些谣言！"

"你是个白痴。"她说着，收回望远镜，把飞行汽车往回开去。这时，在我们的上方和下方，我又远远地看到了几辆飞行汽车，同我们刚才一样悬在空中，从每辆车的车窗中都伸出一架望远镜对着太阳。

以后的几个月中，一个可怕的说法像野火一样在全世界蔓延。越来越多的人自发地用更大型、更精密的仪器观测太阳。后来，一个民间组织向太阳发射了一组探测器，它们在三个月后穿过太阳。探测器发回的数据最后证实了那个传言——

知识点拓展

日珥：是突出在日面边缘外面的一种太阳活动现象，发生在色球层，就像是太阳的"耳环"一样。在一般情况下无法用肉眼观测到，因此必须使用太阳分光仪、单色光观测镜等仪器，或者在日全食时才能观测到。

同四个世纪前相比，太阳没有任何变化。

现在，各大陆的地下城已成了一座座骚动的火山，随时可能喷发。一天，按照联合政府的法令，我和加代子把儿子送进了养育中心。回家的路上，我俩都感到维系我们关系的唯一纽带已不复存在了。走到市中心广场，我们看到有人在演讲，另一些人在演讲者周围向市民分发武器。

“公民们！地球被出卖了！人类被出卖了！文明被出卖了！我们都是一个超级骗局的牺牲品！这个骗局之巨大之可怕，上帝都会为之休克！太阳还是原来的太阳，它不会爆发，过去现在将来都不会，它是永恒的象征！爆发的是联合政府中那些人阴险的野心！他们编造了这一切，只是为了建立他们的独裁帝国！他们毁了地球！他们毁了人类文明！公民们，有良知的公民们！拿起武器，拯救我们的星球！拯救人类文明！我们要推翻联合政府，控制地球发动机，把我们的星球从这寒冷的外太空开回原来的轨道！开回到我们的太阳的温暖怀抱！”

加代子默默地走上前去，从分发武器的人手中接过一支冲锋枪，加入拿到武器的市民的队列中。她没有回头，同那支庞大的队列一起消失在地下城的迷雾里。我呆呆地站在那儿，手在衣袋中紧紧攥着父亲用生命和忠诚换来的那枚勋章，它的边角把我的手扎出了血……

三天后，叛乱在各个大陆同时爆发了。

叛军所到之处，人民群起响应。到现在，很少有人不怀疑自己受骗了。但我加入了联合政府的军队，这并非出于对政府的信任，而是因为我三代前辈都有过军旅生涯，他们在我心中种下了忠诚的种子，不论在什么情况下，背叛联合政府对我来说都是一件不可想象的事。

美洲、非洲、大洋洲和南极洲相继沦陷，联合政府收缩防线，死守地球发动机所在的东亚和中亚。叛军很快包围了这里。他们对政府军占有压倒性优势，之所以在相当长一段时间里没有取得进展，完全是由于地球发动机。叛军不想毁掉地球发动机，所以在这一广阔的战区没有使用重武器，联合政府得以苟延残喘。双方这样相持了三个月后，联合政府的 12 个集团军相继倒戈，中亚和东亚防线全线崩溃。两个月后，大势已去的联合政府连同不到十万人的军队在靠近海岸的地球发动机控制中心陷入重围。

我就是这残存军队中的一名少校。控制中心有一座中等城市大小，它的中心是地球驾驶室。我拖着一条被激光束烧焦的手臂，躺在控制中心的伤兵收容站里。就是在这儿，我得知加代子已在大洋洲战役中阵亡。我和收容站里所有的人一样，整天喝得烂醉，对外面的战事全然不知，也不感兴趣。不知过了多久，我听到有人在高声说话。

“知道你们为什么这样吗？你们在自责。在这场战争中，你们站到了反人类的一边，我也一样。”

我转头一看，发现讲话的人肩上有一颗将星，他接着说：“没关系，我们还有最后的机会拯救自己的灵魂。地球驾驶室距我们这儿只有二个街区，我们去占领它，把它交给外面理智的人类！我们为联合政府已尽到了责任，现在该为人类尽责任了！”

我用那只没受伤的手抽出手枪，随着这群突然狂热起来的受伤和没受伤的人，沿着钢铁通道，向地球驾驶室冲去。出乎意料，一路上我们几乎没遇到抵抗，倒是有越来越多的人从错综复杂的钢铁通道的各个分支中加入我们。最后，我们来到了一扇巨大的门前，那钢铁大门高得望不到顶，它轰隆隆地打开了，我们冲进了地球驾驶室。

尽管以前无数次在电视中看到过，所有的人还是被驾驶室的雄伟震惊了。很难判断这里的实际大小，因为驾驶室淹没在一幅巨型太阳系全息图中。整幅图实际就是一个向所有方向无限伸延的黑色空间，我们一进来，就悬浮在这空间之中。由于尽量反映真实的比例，太阳和其他行星都很小很小，小得像远方的萤火虫，但能分辨出来。以那遥远的代表太阳的光点为中心，一条醒目的红色螺旋线扩展开来，像广阔的黑色洋面上迅速扩散的红色波纹。这是地球的航线。在螺旋线最外层的一点上，航线变成明亮的绿色，那是地球还没有完成的路程。那条绿线从我们的头顶掠过，顺着看去，我们看到了灿烂的星海。绿线消失在星海的深处，我们看不到它的尽头。在这广漠的黑色空间中，还飘浮着许多闪亮的灰尘，其中几颗尘粒飘近，我发现那是一块块虚拟屏幕，上面翻滚着复杂的数字和曲线。

我看到了全人类瞩目的地球驾驶台，它好像是飘浮在黑色空间中的一颗银白色的小行星。看到它，我更难以想象这里的巨大——驾驶台本身就是一个广场，现在上面密密麻麻地站着 5 000 多人，包括联合政府的主要成员、负责实施地球航行计划的星际移民委员会的大部分成员，以及那些最后忠于政府的人。这时，我听到最高执政官的声音在整个黑色空间响了起来：

“我们本来可以战斗到底的，但这可能导致地球发动机失控，这种情况一旦发生，过量聚变的物质将烧穿地球，或蒸发全部海洋，所以我们决定投降。我们理解所有的人，因为在还要延续 100 代人的艰难奋斗中，永远保持理智确实是一个奢求。但也请所有的人记住我们。站在这里的这 5 000 多人里，有联合政府的最高执政官，也有普通的列兵，是我们把信念坚持到了最后。我们都知道自己看不到真理被证实的那一天，但如果人类得以延续万代，以后所有的人都将在我们的墓前洒下眼泪。这颗叫地球的行星，就是我们永恒的纪念碑！”

控制中心巨大的密封门隆隆开启，5 000多名最后的地球派成员一群群走了出来，在叛军的押送下向海岸走去。一路上两边挤满了人，所有人都冲他们吐唾沫，用冰块和石块砸他们。他们中有人密封服的面罩被砸裂了，外面零下100多摄氏度的严寒使那些人的脸麻木了，但他们仍努力地走下去。我看到一个小女孩，举起一大块冰用尽全身力气狠命地向一个老者砸去，她那双眼睛透过面罩射出疯狂的怒火。

当我听到这5 000人全部被判处死刑时，觉得太宽容了。难道让他们仅仅一死吗？这一死就能偿清他们的罪恶吗？能偿清他们用一个离奇变态的想象和骗局毁掉地球、毁掉人类文明的罪恶吗？他们应该死一万次！这时，我想起了那些作出太阳爆发预测的天体物理学家，那些设计和建造地球发动机的工程师，他们在一个世纪前就已作古，我现在真想把他们从坟墓中挖出来，让他们也死一万次。

真感谢死刑的执行者们，他们为这些罪犯找了一种“最佳”的死法：他们收走了被判死刑的每个人密封服上加热用的核能电池，然后把他们丢在大海的冰面上，让零下100摄氏度的严寒慢慢夺去他们的生命。

这些人类文明史上最险恶、最可耻的罪犯在冰海上站了黑压压的一片，岸上有十几万人在看着他们，十几万副牙齿咬得咯咯响，十几万双眼睛喷出和那个小女孩一样的怒火。

这时，所有的地球发动机都已关闭，壮丽的群星出现在冰原之上。

我能想象出严寒像无数把尖刀刺进他们的身体，他们的血液在凝固，生命从他们的体内一点点流走。这想象中的感觉变成一种快感，传遍我的全身。看到那些人在严寒的折磨中慢慢死去，岸上的人快活起来，他们一起唱起了《我的太阳》。我唱着，眼睛看着星空的一个方向。在那个方向上，有一颗刚刚显出圆盘形状的星星发出黄色的光芒，那就是太阳。

啊，我的太阳，生命之母，万物之父，我的大神，我的上帝！还有什么比您更稳定，还有什么比您更永恒？我们这些渺小的、连灰尘都不如的**碳基**细菌，拥挤在围着您转的一粒小石头上，竟敢预言您的末日，我们怎么能蠢到这个程度！

一个小时过去了，海面上那些反人类的罪犯虽然还全都站着，但已没有一个活人，他们的血液已被冻结了。

我的眼睛突然什么都看不见了。几秒后，视力渐渐恢复，冰原、海岸和岸上的人群又在眼前慢慢显影，最后完全清晰了，而且比刚才更清晰，

知识点拓展

碳基：以含有碳以及碳的化合物为主的物质构成的生命。从物质组成上看，地球上所有生物都具有基本相似的物质组成，基本上都由碳、氢、氧、氮、磷、硫、钙等元素构成。这些元素相互结合，构成氨基酸、核苷酸、葡萄糖等生命小分子，这些小分子再通过特殊的方式相互结合，形成蛋白质、核酸、多聚糖和脂类等生物大分子。这些分子则成为构建生命的基本形式。由于构成这些生命的这些重要的生物大分子都以碳骨架为基础，所以研究者称这样的生命为“碳基生命”。后文的硅基生命则指以含有硅以及硅的化合物为主的物质构成的生命。

因为这个世界现在笼罩在一片强烈的白光中，刚才我眼睛失明正是由于这突然出现的强光的刺激。但星空没有重现，所有的星光都被这强光所淹没，仿佛整个宇宙都被强光熔化了。这强光从太空中的一点迸发出来，那一点现在成了宇宙中心，那一点就在我刚才盯着的方向。

太阳氦闪爆发了。

《我的太阳》的合唱戛然而止，岸上的十几万人呆住了，似乎同海面上那些人一样，冻成了一片僵硬的岩石。太阳最后一次把光和热洒向地球。地面上冰结的二氧化碳干冰首先升华，腾起了一阵白色的蒸汽；然后海冰表面也开始融化，受热不均的大海冰层发出惊天动地的巨响。渐渐地，照在地面上的光柔和起来，天空露出了微微的蓝色。后来，强烈的太阳风产生的极光在空中出现，苍穹中飘动着巨大的彩色光幕……

在这突然出现的灿烂阳光下，海面上最后的地球派们仍稳稳地站着，仿佛5 000多尊雕像。

太阳氦闪爆发只持续了很短的时间，两个小时后，强光开始急剧减弱，很快熄灭了。在太阳的位置上，出现了一颗暗红色球体，它的体积慢慢膨胀，最后达到了从原来地球轨道上看到的太阳大小。这意味着它的实际体积已大到越出火星轨道，而水星、金星和火星这三颗地球的伙伴行星，已在上亿度的辐射中化为一缕轻烟。但那个红球已不是太阳，它不再发出光和热，看上去如同贴在太空中的一张冰冷的红纸，它那暗红色的光芒似乎是周围星光的散射。这就是小质量恒星演化的归宿——红巨星。

50亿年的壮丽生涯已成为飘逝的梦幻，太阳死了。

幸运的是，还有人活着。

流浪时代

当我回忆这一切时，半个世纪已过去了。20 年前，地球航出了冥王星轨道，航出了太阳系，在寒冷广漠的外太空继续着孤独的航程。

最近一次去地面是十几年前的事了，那是儿子和儿媳陪我去的。儿媳是一个金发碧眼的姑娘，就要做母亲了。

到地面后，我首先注意到，虽然所有地球发动机仍在全功率运行，巨大的光柱却看不到了，这是因为地球大气已消失，等离子体的光芒没有散射的缘故。我看到地面上布满了奇怪的黄绿相间的半透明晶体块，这是固体氧氮，是已冻结的空气。有趣的是，空气并没有均匀地冻结在地球表面，而是形成了小山丘似的不规则的隆起。在原来平滑的大海冰原上，这些半透明的小山形成了奇特的景观。银河纹丝不动地横过天穹，也像被冻结了，但星光很亮，看久了还刺眼呢。

地球发动机将不间断地开动 500 年，到时地球将加速至光速的千分之五，然后地球将以这个速度滑行 1 300 年，走完三分之二的航程，然后掉转发动机的方向，开始长达 500 年的减速。地球将在航行 2 400 年后到达比邻星，再用 100 年时间泊入这颗恒星的轨道，成为它的一颗行星。

我知道已被忘却

流浪的航程太长太长

但那一时刻要叫我一声啊
当东方再次出现霞光

我知道已被忘却
起航的时代太远太远
但那一时刻要叫我一声啊
当人类又看到了蓝天

我知道已被忘却
太阳系的往事太久太久
但那一时刻要叫我一声啊
当鲜花重新挂上枝头
……

每当听到这首歌，一股暖流就涌进我这年迈僵硬的身躯，我干涸的老眼又湿润了。我好像看到半人马座三颗金色的太阳在地平线上依次升起，万物沐浴在温暖的光芒中。固态的空气融化了，天变蓝了。2 000多年前的种子从解冻的土层中复苏，大地绿了。我看到我的第100代孙子孙女们在绿色的草原上欢笑，草原上有清澈的小溪，溪中有银色的小鱼……我看到了加代子，她从绿色的大地上向我跑来，年轻美丽，像个天使……

啊，地球，我的流浪地球……

全频带阻塞干扰

刘慈欣

以深深的敬意献给俄罗斯人民，他们的文学影响了我的一生。

——刘慈欣

在战场电磁干扰形式的选择上，本手册主张采用对某一特定频率或信道所进行的瞄准式干扰，而不主张采用同时干扰一个较宽频带的阻塞式干扰，因为后者对己方的电磁通信和电子支援措施也会产生影响。

——摘自1993年美国陆军《电子战手册》

1月5日，斯摩棱斯克前线

失陷的城市已经看不见了，战线在一夜之间后退了40千米。

在凌晨的天光下，雪原呈现出寒冷的暗蓝色。在远方的各个方向上，被击中的目标冒出一道道黑色的烟柱，笔直地向高空升去，好像是连接天地的一条条细长的黑纱。顺着烟柱向上看，卡琳娜吃了一惊——刚刚显现晨光的天空被一团巨大的白色乱麻充斥着，这纷乱的白色线条仿佛是一个精神错乱的巨人疯狂地画在天上的。那是歼击机的混乱尾迹，是俄罗斯空军和北约空军为争夺制空权所进行的一夜激战留下的。

来自空中和远方的精确打击也持续了一夜。在非专业人士看来，打击似乎并不密集，爆炸声每隔几秒甚至几分钟才响一次。但卡琳娜知道，每一次爆炸都意味着一个重要目标被击中，几乎不会打空。这一声声爆炸，仿佛是昨夜这篇黑色文章中的一个个闪光的标点符号。凌晨到来时，卡琳娜不知道防线还剩下多少力量，甚至不知道防线是否还存在，似乎整个世界上只有她一人在抵抗。

卡琳娜少校所在的电子对抗排是在半夜被摧毁的，当时这个排所在的位置落下了六颗激光制导炸弹。卡琳娜所乘的那辆装载干扰机的BMP-2装甲车还在燃烧，这个排的其他电子战车现在都变成散落在周围雪地上的一堆堆黑色金属块。卡琳娜所在的弹坑中的余热正在散去，她感到了寒冷。她用手撑着坐直，右手触到了一团黏糊糊的冰冷绵软的东西，看上去像一个沾满了黑色弹灰的泥团。她突然意识到那是一块残肉。她不知道它属于身体的哪一部分，更不知道属于哪个人。在昨夜的那次致命打击中，阵亡了一名中尉、两名少尉和八名士兵。卡琳娜呕吐起来，但除了酸水什么也没吐出来。她拼命把双手在雪里擦，想把手上的血迹擦掉，但黑红色的血在寒冷中很快在手上凝固，依然那么醒目。

令人窒息的死寂已持续了半个小时，这意味着新一轮的地面进攻就要开始了。卡琳娜拧大了别在左肩上的对讲机的音量，但传出的只有沙沙的噪声。突然，几句模糊的话语传了出来，仿佛是大雾中掠过的几只鸟儿。

“06 观察站报告：1437 阵地正面，M1A2 坦克 37 辆，平均间隔 60 米；‘布莱德雷’运兵车 41 辆，距 M1A2 坦克攻击前锋 500 米；M1A2 坦克 24 辆，‘勒克莱尔’8 辆，正在向 1633 阵地侧翼迂回，已越过同 1437 的接合部。1437，1633，1752，准备接敌！”

卡琳娜克制住因寒冷和恐惧引起的颤抖，使地平线在望远镜视野中稳定下来。她看到天边出现了一团团模糊的雪雾，给地平线镶上了一道毛茸茸的边儿。

这时，卡琳娜听到了身后传来发动机的轰鸣声，一排 T-90 式坦克越过她的位置冲向敌人，在后面，更多的俄罗斯坦克正在越过高速公路的路基。卡琳娜又听到了另一种轰鸣，敌人的攻击直升机群在前方的天空中出现，它们队形整齐，在黎明惨白的天空中形成一片黑色的点阵。卡琳娜周围坦克的发烟管启动了，随着一阵低沉的爆破声，阵地笼罩在一团白色的烟雾中。透过白雾的缝隙，她看到俄罗斯的直升机群正从头顶掠过。

坦克上的 125 毫米口径炮疾风骤雨般地响了起来，白雾变成了疯狂闪烁的粉红色光幕。几乎与此同时，敌人的第一批炮弹落了下来，白雾中，粉红色的光芒被爆炸产生的刺眼蓝白色闪电所代替。卡琳娜伏在弹坑底部，感到身下的大地在密集的巨响中像一张震动的鼓皮，身边的泥土和小石块被震得飞起老高，落满了她的后背。在这爆炸声中，还可隐约听到反坦克导弹发射时的嘶鸣。卡琳娜感到整个宇宙都在这撕人心肺的巨响中化为碎片，向无限深处坠落……就在她的神经几乎崩溃时，这场坦克战结束了，它只持续了约 30 秒。

当白雾和浓烟散去时，卡琳娜看到面前的雪地上散布着被击中的俄罗斯坦克，燃起一堆堆裹着黑烟的熊熊大火。她举目望去，远方同样有一大片被击毁的北约坦克，看上去只是雪原上一个个冒出浓烟的黑点。但更多的敌军坦克正越过那一片残骸冲来，裹在由履带搅起的一团团雪雾中。“艾布拉姆斯”那凶猛的扁宽前部不时从雪雾中露出来，仿佛是一头头从海浪中冲出的恶龟，滑膛炮炮口的闪光不时亮起，好像恶龟闪亮的眼睛……低空中，直升机的混战仍在继续，卡琳娜看到一架“阿帕奇”在不远的半空中爆炸，一架米 -28 拖着漏出的燃料，摇晃着掠过她的头顶，在几十米之外坠地，炸成了一团火球。近距空空导弹的尾迹，在低空拉出了无数条平行的白线……

卡琳娜听到“咣”的一声，转身一看，不远处一辆被击中后冒出浓烟的 T-90 后部的底门打开了，没看到人出来，只见门下方垂下一只手。卡琳娜从弹坑中跃出，冲到那辆坦克后面，抓住那只手向外拉。

车内响起一声沉闷的爆炸，一股灼热的气浪将卡琳娜向后弹出了几步远。她的手中抓着一团黏软的很烫的东西，那是从坦克手的手上拉脱的一团烧熟的皮肤。卡琳娜抬头看到一股火焰从底门中喷出。车内已成了一座小型的炼狱。在那暗红色的透明火焰中，阵亡坦克手的身影清晰可见，像在水中一样波动着。

卡琳娜又听到两声尖啸。这时，她左前方的一个导弹班把最后两枚反坦克导弹发射出去，其中一枚有线制导的“赛格”导弹成功地击毁了一辆“艾布拉姆斯”，另一枚无线制导的导弹则被干扰，向斜上方冲去，失去了目标。导弹班的六个人撤出掩体，向卡琳娜所在的弹坑跑来。一架“科曼奇”直升机向他们俯冲下来，那棱角分明的机体看上去像一只凶猛的鳄鱼。一长排机枪子弹打在雪地上，击起的雪和土如同一道突然立起又很快倒下的栅栏。这栅栏从那支小小的队伍中穿过，击倒了其中四人，只有一名中尉和一名士兵到达了弹坑。

卡琳娜这时才注意到那名中尉戴着坦克防震帽，可能来自一辆已被击毁的坦克。他们每人手中都拿着一管反坦克火箭筒。跳进弹坑后，中尉首先向距他们最近的一辆敌坦克射击，击中了那辆 M1A2 的正面，诱发了它的反应装甲，火箭弹和反应装甲的爆炸声混在一起，听起来很怪异。坦克冲出了爆炸的烟雾，反应装甲的残片挂在它前面，像一件破烂的衣衫。那名年轻的士兵继续对着它瞄准，手中的火箭筒随着坦克的起伏而抖动，一直没有击发。当距他们只有四五十米的坦克冲进一个洼地时，那名士兵只能站到弹坑边缘向斜下方瞄准。他手中的火箭筒与那辆“艾布拉姆斯”的120 毫米口径炮同时响起。

坦克的炮手情急之中发射的是一发不会爆炸的贫铀穿甲弹。初速每秒800 米的炮弹击中了那个士兵，把他上半身打成了一团飞溅的血花！卡琳娜感觉到细碎的血肉有力地打在她的钢盔上，噼啪作响。

她睁开眼睛，看到就在她眼前的弹坑边缘，那名士兵的两条腿如同两根黑色的树桩，无声地滚落到弹坑底部她的脚下。士兵被粉碎的身体的其他部分，在雪地上溅出了一大片放射状的红色斑点。火箭击中了“艾布拉姆斯”，聚能爆炸的热流切穿了它的装甲，车体冒出了浓烟。但那个钢铁怪兽仍拖着浓烟向他们冲来，直冲到距他们 20 米左右才在车体内的一声爆炸中停了下来，那声爆炸把它炮塔的顶盖高高掀飞。

紧接着，北约的坦克阵线从他们周围通过，地皮在履带沉重的撞击下微微颤抖，但这些坦克对他们俩所在的弹坑未加理会。当第一波坦克冲过去后，中尉一把拉住卡琳娜的手，拽着她跃出弹坑，来到一辆已布满弹痕的吉普车旁。在 200 多米远处，第二道装甲攻击波正快速冲过来。

“躺下装死！”中尉说。卡琳娜于是躺到了吉普车的轮子边，闭上双眼，“睁开眼更像！”中尉又说，并在她脸上抹了一把不知是谁的血。他也躺下，与卡琳娜成直角，头紧挨着卡琳娜的头。他的钢盔滚到了一边，粗硬的头发扎着卡琳娜的太阳穴。卡琳娜大睁着双眼，看着几乎被浓烟吞没的天空。

两三分钟后，一辆半履带式“布莱德雷”运兵车在距他们十几米处停下来，从车上跳下几名身穿蓝白相间雪地迷彩服的美军士兵，他们中大部分平端着枪呈散兵线向前去了，只有一个朝这辆吉普车走来。卡琳娜看到两只粘满雪尘的伞兵靴踏到了紧靠她脸的地方。插在伞兵靴上的匕首刀柄上，82 空降师的标志清晰可辨——一匹帕加索斯飞马。那个美国人俯身看她，他们的目光相遇了。卡琳娜尽最大努力使自己的目光呆滞无神，对着那双透出惊愕的蓝色瞳仁。

“Oh，God！”

卡琳娜听到了一声惊叹，不知是惊叹这名肩上有一颗校星的姑娘的美丽，还是她那满脸血污的惨相，也许两者都有。他接着伸手解她领口的衣扣。卡琳娜浑身起了鸡皮疙瘩，手向腰间的手枪移动了几厘米，但这个美国人只是扯下了她脖子上的识别牌。

他们等的时间比预想的长。敌人的坦克和装甲车源源不断地从他们身边轰鸣着驶过，卡琳娜感到自己的身体在雪地上都快冻僵了。她这时竟想起了一首军旅诗歌中的一句，那首诗是她在一本记述**马特洛索夫**事迹的旧书上读到的："士兵躺在雪地上，就像躺在天鹅绒上一样。"她得到博士学位的那天，曾把这句诗写到日记上。那也是一个雪夜，她站在莫斯科大学科学之宫顶层的窗前。那夜的雪也真像天鹅绒，雪雾中，首都的万家灯火时隐时现。第二天，她就报名参军了。

这时，一辆敌方吉普车在距他们不远处停了下来，三名北约军官在车上抽着雪茄聊天。卡琳娜和中尉的周围空旷起来，他们跳上己方吉普车，中尉把车发动，沿着早已看好的路飞快驶去。他们身后响起了冲锋枪的射击声，子弹从头顶飞过，其中一颗打碎了后视镜。吉普车迅急拐进了一个燃烧着的居民点，敌人没有追来。

知识点拓展

马特洛索夫：苏联家喻户晓的战争英雄，牺牲时年仅 19 岁。1943 年 2 月，在苏联卫国战争中，第 91 西伯利亚志愿军旅 254 团战士马特洛索夫所在部队在进攻时遭德军火力阻挠，他毅然以身体挡住敌人的机枪。马特洛索夫壮烈牺牲后，被追授"苏联英雄"称号。

“少校，你是博士，对吗？”中尉开着车问。

“你在哪儿认识的我？”

“我见过你和列夫森科元帅的儿子在一起。”

沉默了一会儿，中尉又说：“现在，他的儿子可是世界上离战争最远的人了。”

“你这话什么意思，你要知道……”

“没什么意思，说说而已。”中尉淡淡地说。他们的心思都不在这个话题上，他们都在想着还抱有的那一线希望——

但愿整个战线只有这一处被突破。

1月5日，近日轨道，“万年风雪号”

米沙感受到了一个人独居一座城市的孤独。

“万年风雪号”太空组合体确实有一座小城市那么大，体积相当于两艘巨型航空母舰，可容纳5 000人同时在太空中生活。当组合体处于旋转重力状态时，里面甚至有一个游泳池和一条小河，这在当今的太空工作环境中，可以说是绝无仅有的奢侈。但事实是，“万年风雪号”是自“和平号”以来俄罗斯航天界一贯的节俭思维的产物。它的设计思想是：赋予一个构造拥有在太阳系内进行太空探索的所有功能。虽一次性投资巨大，但从长远看还是十分经济的。

“万年风雪号”被西方戏称为“太空的瑞士军刀”，它可作为空间站在地球各个高度的轨道上运行，还可以方便地移动到绕月轨道上，或做行星际探索飞行。“万年风雪号”已去过金星和火星，并探测过小行星带。以它那巨大的体积，等于把一个研究院搬到了太空中。就太空科学研究而言，它比西方那些数量众多但小巧玲珑的飞船具有更大的优势。

当“万年风雪号”准备开始前往木星的为期三年的航行时，战争爆发了。它上面的一百多名乘员几乎全都返回了地面——他们大部分是空军军官——只留下了米沙一个人。这时，“万年风雪号”暴露出它的一个缺陷：它目标太大，且没有任何防御能力。没有预见到后来太空军事化的进程，是设计者的一个失误。战争爆发后，“万年风雪号”只能进行躲避飞行。去外太空是不行的。在木星轨道之内，有大量的北约无人航行器，它们都体积不大，武装或非武装，每一个对“万年风雪号”都是致命的威胁。于是，它只有驶向近日空间。“万年风雪号”引以为傲的主动制冷式热屏蔽系统，使它可以比目前人类的任何太空航行器都更接近太阳。现在，“万年风雪号”已到达水星轨道，距太阳五千万千米，距地球一亿千米。

虽然“万年风雪号”上的大部分舱室已经关闭，但留给米沙的空间仍大得惊人。透过广阔的透明穹顶，比从地球上看去大三倍的太阳发出耀眼的光芒。太阳表面的耀斑和紫色日冕中奇丽的日珥清晰可见。有时，他甚至还可以看到光球表面因对流而产生的米粒组织。这里的宁静是虚假的。飞船外面，太阳抛出的粒子流和射电波的狂风巨浪在呼啸，“万年风雪号”就是这动荡海洋中漂浮的一粒小小的种子。

一束细如游丝的电波把米沙同地球连接起来，也把那遥远世界的忧虑带给了他。他刚刚得知，莫斯科近郊的控制中心已被巡航导弹摧毁，对“万年风雪号”的控制转由设在古比雪夫的第二控制中心执行。他每隔 5 个小时会接收一份从地球传来的战争新闻，每到这时，他就想起了父亲。

1月5日，俄罗斯军队总参谋部

米哈伊尔·谢米扬诺维奇·列夫森科元帅觉得自己面对着的是一堵墙，实际上，他面前是一幅平铺的莫斯科战区全息战场地图。以前，当他面对挂在墙上的宽大纸质地图时，却能看到广阔而深邃的空间。不管怎样，他还是喜欢传统的地图。记不清有多少次，要找的位置在地图的最下方，他和参谋们只好趴在地上看。现在想起来，他不禁微微一笑。他又想起多次演习前，在野战帐篷中，自己总会用透明胶带把刚发下来的作战地图拼贴起来，他经常贴不好，倒是第一次随他看演习的儿子一上手就比他贴得好……发现自己又想起儿子，他警觉地打住了思绪。

作战室中只有他和西部集群司令两人，后者一根接一根地抽着烟，他们凝神盯着全息地图上方变幻的烟团，仿佛那就是严峻的战局。

西部集群司令说：“北约在斯摩棱斯克一线的兵力已达 75 个师，攻击正面有 100 千米宽，已多处突破。”

“东线呢？”列夫森科元帅问。

“第 11 集团军的大部都倒向右翼联盟了，这您是知道的。右翼联盟的军队已达 24 个师，但他们对雅罗斯拉夫尔的攻击仍然是试探性的。”

地面的一次爆炸将微微的震动传了下来，作战室里充满了随着顶板上的挂灯而轻轻摇晃的暗影。

“现在，已有人谈论退守莫斯科，凭借城市外围建筑和工事进行巷战了，像 70 多年前一样。”

“胡说八道！我们一旦从西线收缩，北约就可能从北部迂回，在加里宁同右翼军队会合，莫斯科将不战自乱。下步作战方针，第一是反击，第二是反击，第三还是反击。”

西部集群司令叹了一口气，无言地看着地图。

列夫森科元帅接着说：“我知道西线力量不够，准备从东线抽调一个集团军加强西线。”

“什么？现在雅罗斯拉夫尔的防守已经很难了。”

列夫森科元帅笑了笑，“现在相当多的指挥官只从军事角度考虑问题，严峻的形势让我们钻进去出不来了。从目前的态势看，你认为右翼军队没有力量攻下雅罗斯拉夫尔吗？”

“我认为不是，像第 14 集团军这样的精锐部队，集中了如此密集的装甲和低空攻击力量，在没有遭受太大损失的情况下，一天的推进还不到 15 千米，显然是有意放慢的。”

“这就对了。他们在观望，在观望西线战局！如果我们在西线夺回战场主动权，他们就会继续观望下去，甚至有可能在东线单方面停火。”

西部集群司令把刚拿出的一根烟夹在手上，忘了点火。

“东线的几个集团军的叛变确实是在我们背后捅了一刀，但一些指挥官在心理上把这当作借口，使我们的作战方针趋向消极。这种心态必须转变！当然，应当承认，要从根本上扭转战局，莫斯科战区的力量不够，我们的最终希望寄托在增援的高加索集群和乌拉尔集群上。”

“较近的高加索集群要完成集结并进入出击位置，最少也需一个星期。考虑到争夺制空权的因素，时间可能还要长。”

1月5日，莫斯科

卡琳娜和中尉的吉普车开进城时已是下午三点多，空袭警报刚刚响过，街上空荡荡的。

中尉长叹了一口气说：“少校，我真想念我那辆 T-90 啊！四年前从装甲学院毕业的时候，我正失恋，可刚到部队的我一看到那辆坦克，心情一下子由阴转晴了。我摸着它的装甲，光溜溜、温乎乎的，像摸着女孩子的手。嗨，女孩儿算什么，这才是男人真正的伴侣！可今天早上，它中了一颗‘西北风’。唉，可能现在火还没灭呢……”

这时，城市西北方向传来密集的爆炸声，这是现代空袭中很少见的野蛮的地毯式轰炸。

中尉仍沉浸在早上的战斗中，“唉，不到 30 秒，整整一个坦克营就完了。”

“敌人的伤亡也很大。”卡琳娜说，“我注意观察了战果，双方被击毁的装甲的数量相差并不大。”

“敌我坦克的对毁率大约1:1.2吧！直升机差一些，但也不会超过1:1.4。”

“尽管如此，战场的主动权仍在我们一边——我们在数量上占很大优势，但仗怎么会打成这样呢？”

中尉扭头看了卡琳娜一眼：“你是搞电子战的，还不明白为什么？你们的那套玩意儿，什么第五代 C3I，什么三维战场显示，还有动态态势模拟、攻击方案优化之类的，在演习中很像那么回事，可一到实战中，我面前的液晶屏上最常显示的就两句：COMMUNICATION ERROR 和 COULD NOT LOG IN。就说今天早上吧，我对正面和两翼的情况完全不清楚，只接到一个命令：接敌。唉……假如再投入一半的增援兵力，敌人就不会在我们的位置突破。整个战线的情况，大都如此。”

卡琳娜知道，在刚刚过去的战斗中，双方在整个战线上投入的坦克总数可能超过 10 000 辆，还有数目相当于坦克一半的武装直升机。

说话间，他们的车驶入了阿尔巴特街，昔日的步行街现在空空荡荡，古玩店和艺术品商店的门前堆着充作工事的沙袋。

“我的那辆钢铁情人不亏本儿。”中尉仍沉浸在早上的战斗中不可自拔，“我肯定打中了一辆‘挑战者’，但我最想打中的是一辆‘艾布拉姆斯’，知道吗？一辆‘艾布拉姆斯’……”

卡琳娜指着一家古玩店的门口，说：“那儿，我爷爷就死在那儿。”

“可这里好像没有遭到空袭。”

“我说的是 20 年前的事了，那时我才 4 岁。那个冬天真冷啊！暖气停了，房间里结了冰，我只好抱着电视机取暖，听着总统在我怀中向俄罗斯人许诺一个温暖的冬天。我哭着喊冷，喊饿，爷爷默默地看着我，终于下了决心，拿出他珍藏的勋章，带着我走了出去，来到这条街。那时这儿是自由市场，从伏特加到政治观点，人们什么都卖。一个美国人看上了爷爷的勋章，但只肯出 40 美元。他说：‘红旗勋章和红星勋章都不值钱的，但如果有赫梅利尼茨基勋章，我肯出 100 美元，光荣勋章，150 美元，纳希莫夫勋章，200 美元，乌沙科夫勋章，250 美元。最值钱的胜利勋章你当然不可能有，那只授给元帅，但苏沃洛夫勋章也值钱，我可以出 450 美元……’爷爷默默地走开了。我们沿着寒风中的阿尔巴特街走啊走，后来爷爷走不动了，天也快黑了，他无力地坐到那家古玩店的台阶上，让我先回家。第二天人们发现他冻死在那里，一只手伸进怀中，握着他用鲜血换来的勋章，睁大双眼看着这个他在 70 多年前从古德里安的坦克群下拯救的城市……”

1月5日，俄罗斯军队总参谋部

这是一个星期以来，列夫森科元帅第一次走出了地下作战室，他踏着厚厚的白雪散步，同时寻找着太阳。这时，太阳已在挂满雪的松林后面落了一半儿。在元帅的想象中，有一个小黑点正在夕阳那橘红色的表面缓缓移动。那是“万年风雪号”，元帅的儿子在上面。他是这个星球上离父亲最远的儿子了。

这件事在国内引起了许多流言蜚语，在国际上，敌人更是大肆炒作。

《纽约时报》用大得吓人的黑体字登出了一个标题：战争史上逃得最远的逃兵！下面是米沙的照片，照片的注脚是：在俄国政府煽动三亿俄罗斯人用鲜血淹没入侵者时，他们最高军事统帅的儿子却乘着这个国家唯一一艘巨型飞船，逃到了距战场一亿千米的地方。他是目前这个国家最安全的人了。

但列夫森科元帅问心无愧。从中学到博士后，米沙周围几乎没有人知道他的父亲是谁。航天控制中心做出这个决定，仅仅是因为米沙的研究专业是恒星数学模型。“万年风雪号”这次接近太阳，对他的研究是一次难得的机会，而组合体不能完全遥控飞行，上面至少应该有一个人。总指挥也是后来从西方的新闻中才得知米沙的身份的。

另一方面，不管列夫森科元帅是否承认，在他的内心深处，确实希望儿子远离战争。这并不仅仅是出于血肉之情。列夫森科元帅总觉得自己的儿子不属于战争。是的，他是世界上最不属于战争的人了。但他又知道自己这想法有问题：谁是属于战争的呢？

况且，米沙就属于恒星吗？他喜欢恒星，把全部生命投入到对它们的研究上面，但他自己却是恒星的反面，他更像冥王星，像那颗寂静、寒冷的**矮行星**，孤独地运行在尘世之光照不到的遥远空间。米沙的性格，加上

知识点拓展

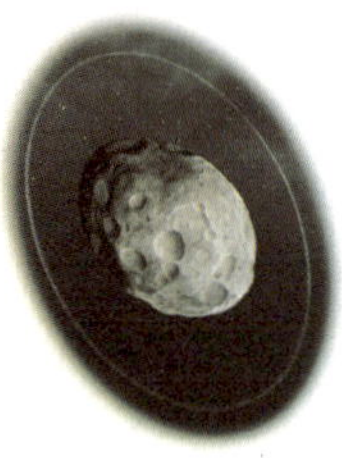

矮行星：也称“侏儒行星”，体积介于行星和小行星之间，围绕恒星运转。

他那白皙清秀的外表，使人很容易觉得他是个女孩子。但列夫森科元帅心里清楚，儿子从本质上一点不像女孩子——女孩儿都怕孤独，但米沙喜欢孤独。孤独是他的营养，他的空气。

米沙是在民主德国出生的。儿子的生日对元帅来说是一生中最暗淡的一天。那天傍晚，还是少校的他，在西柏林蒂加尔登苏军烈士墓前，同部下一起为烈士们站 40 多年来的最后一班岗。他的前面，是一群满脸笑容的西方军官和几个牵着狼狗来换防的吊儿郎当的德国警察，还有那些高呼“红军滚出去”的光头新纳粹。他的身后，是大尉连长和士兵们含泪的眼睛。他控制不住自己，只好也让泪水模糊了这一切。天黑后回到已搬空的营地，在这回国前的最后一夜，他得知米沙出生了，但妻子因难产而死……回国后日子也很难。同从欧洲撤回的 40 万军人和 12 万文职人员一样，他没有住房，和米沙住在一间冬冷夏热的临时铁皮屋里。他昔日的战友为了生活什么都干，但他一直像军人一样正直地生活着，米沙也在艰辛中默默地长大。同别的孩子不同，他似乎天生就会忍受，因为他有自己的世界。

早在上小学的时候，米沙每天都在自己的小房间里静悄悄地一人度过整晚。元帅起初以为他在看书，但有一次，他无意中发现，儿子是站在窗前一动不动地看着星星。

“爸爸，我喜欢星星，我要看一辈子星星。”他这样对父亲说。

11 岁生日那天，米沙首次向父亲提出了一个要求：想要一架天文望远镜。这之前，他一直用列夫森科元帅的军用望远镜观察星星。后来，那架天文望远镜就成了米沙唯一的伴侣。他在阳台上看星星可以一直看到东方发白。有那么不多的几次，他们父子俩一起在阳台上看星星，元帅总是把望远镜对准夜空中看起来最亮的一颗星，但儿子不以为然地摇摇头，“那颗没意思，爸爸，那是金星，金星是行星，我只喜欢恒星。”

但对其他男孩子喜欢的东西，米沙却一点儿兴趣都没有。隔壁空降兵参谋长家的那个小胖子，偷拿父亲的手枪玩，结果走火把大腿打穿了。参谋部将军们的那些男孩子，如果能被爸爸领到部队的靶场上打一次枪，就算是最高的奖赏了。但男孩子对武器的这种天生的迷恋，在米沙身上丝毫没有出现。从这点来说，他确实不像男孩子。元帅对此很不安，他几乎无法容忍自己的儿子对武器无动于衷，以至于后来做出了一件至今想起来仍让他很不好意思的事。有一次，他把自己的那支马卡诺夫式手枪悄悄放到了儿子的书桌上。放学回来后不久，米沙就拿着枪从他的小房间中走了出来——他拿枪像女人那样，小心地握着枪管——把枪轻轻地放到父亲面前，淡淡地说：“爸，以后别把这东西乱放。”

在米沙的前途问题上，元帅是一个开明的人。他不像周围的那些将军，一心让儿子甚至女儿延续自己的军旅生涯。但米沙离父亲的事业确实太远太远了。

列夫森科元帅不是一个脾气暴躁的人，但作为全军统帅，他不止一次在上万名官兵面前斥责一位将军。可对米沙，他却从来没有发过火。这固然因为米沙一直默默地沿着自己的轨道成长，很少让父亲操心，更重要的是，米沙身上似乎生来就有一种非同寻常的超脱的气质，这气质有时甚至让列夫森科元帅感到有些敬畏。就如同他在花盆中随意埋下一颗种子，却长出了绝世珍稀的植物。他敬畏地看着这植物一天天成长，小心地呵护着它，等着它开出花朵。他的期望没有落空，儿子现在已成为世界上最出色的天体物理学家。

这时，太阳已在松林后面完全落下，地上的雪由白色变成浅蓝色。列夫森科元帅收回了思绪，回到地下作战室。参与作战会议的人都到齐了，包括西部集群和高加索集群的主要指挥官。

另外还有电子战指挥官，从少将到上尉都有，大部分是刚从前线回来的。作战室里正在进行一场激烈的争论，争论的双方是西部集群的陆战部队和电子战部队的军官们。

“我们正确判明了敌人主攻方向的转变。”塔曼摩的费列托夫师长说，“我们的装甲力量和陆航低空攻击力量的机动性也并不差，但通信系统被干扰得一塌糊涂，C3I 指挥系统几乎瘫痪！集团军中的电子战单位，级别从营升到了团，从团又升到了师，这两年在这上面的资金投入比常规装备的投入都多，就这么个结果？！”

负责指挥战区电子战的一位中将看了身边的卡琳娜一眼。同其他刚从前线归来的军官一样，她的迷彩服上满是污渍和焦痕，脸上还残留着血迹。中将说：“卡琳娜少校在电子战研究方面很有造诣，同时也是总参派往前线的电子战观察员，她的看法可能更有说服力一些。”像卡琳娜这样的年轻博士军官大多心直口快，无所顾忌，往往被人当枪使，这次也不例外。

卡琳娜站起来说：“上校，话不能这么说！比起北约，我们这些年对 C3I 的投入微不足道。”

“那电子反制呢？”师长问，“敌人能干扰我们，你们就不能干扰他们？！我们的 C3I 瘫痪了，北约的却运转得很好，像上了润滑油似的。今天早上我对面的陆战一师能那么快速地转变攻击方向就是证明！”

卡琳娜苦笑了一下："提起对敌干扰，费利托夫上校，不要忘了，就是在你们师的阵地上，你的人用枪顶着操作员的脑袋，逼停了集团军电子对抗部队的干扰机！"

"怎么回事？"列夫森科元帅问，这时，人们才发现他进来了，纷纷起身敬礼。

"是这样，"师长对元帅解释说，"对我们的通信指挥系统来说，他们的干扰比北约的更厉害！在北约的干扰中，我们还能维持一定的无线通信，可他们的干扰机一开，就把我们全盖住了！"

卡琳娜说："可同时敌人也全被盖住了！这是我军目前实施电子反制可选择的唯一战略。北约目前在战场通信中，已广泛采用诸如跳频、直接序列扩频、零可控自适应天线、猝发、单频转发和频率捷变等技术。我们用频率瞄准方式进行干扰根本不起作用，只能采用全频带阻塞干扰。"

第五集团军的一位上校质问："少校，北约采用的可全是频率瞄准式干扰，频带还相当窄，而我们的 C3I 系统也普遍采用了你提到的那些通信技术，为什么他们对我们的干扰那样有效呢？"

"这原因很简单。我们的 C3I 系统是建立在什么样的软硬件平台上？UNIX，LINUX，甚至 WINDOWS 2010，CPU 是 INTEL 和 AMD！这是用人家养的狗给自己看门！在这种情况下，敌人可以很快掌握诸如跳频规律之类的电子战情报，同时用更多更有效的纯软件攻击加强其干扰效果。总参谋部曾经大力推广过国产操作系统，但到了下面阻力重重，你们集团军就是最顽固的堡垒……"

"好了，你们所说的问题和矛盾正是今天会议要解决的，开会！"列夫森科元帅打断了这场争论。

当大家在电子沙盘前坐好后，列夫森科元帅叫过来一位少校参谋，这个身材细高的年轻人双眼眯缝着，好像不适应作战室中的光线。“介绍一下，这位是邦达连科少校，他最大的特点就是深度近视。他的眼镜与众不同，别人的眼镜片在镜框里边，他的镜片在镜框外面，哈，就像茶杯底那么厚啊！但我们现在看不到镜片——早上少校的吉普车遇到空袭时给砸了，好像隐形眼镜也弄丢了？”

“报告首长，那是五天前在明斯克丢的。我的眼睛是在半年内变成这样的。这变化早些的话，我就进不了伏龙芝军事学院了。”少校立正说道。

虽然谁也不知道元帅为什么介绍这位少校，人群中还是响起了低低的笑声。

“战争爆发以来的事实说明，虽然有白俄罗斯战场的失利，但在空中和陆上常规武器方面，我们并不比敌人差多少；在电子战方面，我们的差距之大却出人意料。造成这样的局面有很深远的历史原因，这不是我们今天要讨论的。我们要明确的是以下一点：目前，电子战是我军夺回战争主动权的关键！我们首先必须承认敌人在电子战方面的优势，甚至是压倒性优势，然后我们必须以我军现有的电子战软硬件条件为基础，制定出一套行之有效的战略战术。这套战略战术的目的，是要在短时间内，使我军和北约在电子战方面形成力量上的平衡。也许大家认为这不可能——我军上世纪末以来的战争理论，主要是基于局部有限战争的，对目前在军事上如此强大的敌人的全面进攻，确实研究得不够。在这样严峻的形势下，我们必须以一种全新的方式思维。下面我要介绍的统帅部新的电子战战略，就可以看作这种思维的结果。”

灯灭了，电脑屏幕和电子沙盘都关闭了，重重的防辐射门也紧紧关闭，作战室淹没于伸手不见五指的黑暗之中。

“是我让关灯的。”黑暗中传来元帅的声音。

时间在黑暗和沉默中慢慢流逝，这样过了有一分钟。

“大家现在有什么感觉？”列夫森科元帅问。

没有人问答。浓重的黑暗使军官们仿佛沉没在夜之海海底，呼吸都有些困难。

“安德烈将军，你说说看。”

“这几天在战场上的感觉。”第五集团军军长说。黑暗中又响起了一阵低低的笑声。

“别的人呢？大概都与他有同感吧？”元帅说。

“当然。您想想，耳机里除了沙沙声什么也没有，屏幕上一片空白，对作战命令和周围的战场态势一无所知，可不就是这种感觉嘛！这黑暗，压得人喘不过气来啊！”

“但并非所有人都是这种感觉。邦达连科少校，你呢？”列夫森科元帅问。

邦达连科少校的声音从作战室的一角传来：“我的感觉不像他们这么糟糕。在亮着灯的时候，我看周围也是模模糊糊的。”

“你甚至还有一种优越感吧？”列夫森科元帅问。

“是的，元帅您可能听说过，在纽约大停电时，是盲人带领人们走出摩天大楼的。”

“但安德烈将军的感觉也是可以理解的。他有一双鹰眼，还是个神枪手，喝酒时常用手枪在十几米外开酒瓶盖。想想他和邦达连科少校在这里用手枪决斗，可是一件很有意思的事。”

黑暗中的作战室又陷入了沉默，指挥官们都在思考。

灯亮了，人们都眯起了双眼，与其说是不能适应突然出现的亮光，不如说是对元帅刚刚的暗示感到震惊。

列夫森科元帅站起来说：“我想，刚才我已把我军的电子战新战略表达清楚了：全频带大功率的阻塞干扰，在电磁通信上，制造一个双方‘共享’的全黑暗战场！”

“这样将使我军的战场指挥系统全面瘫痪！”有人惊恐地说。

“北约也一样！瞎大家一起瞎，聋大家一起聋，在这样的条件下同敌人达到电子战的力量平衡。这就是新战略的核心思想。”

“那总不至于让我们派通信员骑摩托车传达作战命令吧？！”

“要是路不好，他们还得骑马。”列夫森科元帅说，“我们粗略估计了一下，这样的全频带阻塞干扰，至少可覆盖北约 70% 的战场通信系统，这就意味着他们的 C3I 系统将全面瘫痪。同时，还可使敌人 50% ~ 60% 的远程打击武器失去作用，尤其是‘战斧’巡航导弹——现在这种导弹的制导系统同上个世纪相比有了很大的改变，那时的‘战斧’主要使用地形匹配和小型测高雷达来导航，现在这种导航方式只用作末端制导，而在其运行过程的大部分都依靠卫星全球定位系统（GPS）。通用动力公司和麦克唐纳·道格拉斯公司认为他们所做的这种改进是一大进步。美国人太相信来自太空的导航电波了，但 GPS 的电波传输一旦被干扰，‘战斧’就成了瞎子。

这种对 GPS 的依赖在北约大部分远程打击武器中都存在。在我们所设想的战场电磁条件出现时，敌人就会被迫同我们打常规战，我们自己的优势就会充分发挥出来。”

“我还是心里没底。”被从东线调往西线的第十二集团军军长忧心忡忡地说，“在这样的战场通信条件下，我甚至怀疑我的集团军能不能从东线顺利地调到西线。”

“你肯定能的！”列夫森科元帅说，“这段距离，对库图佐夫来说很短，我不信今天的俄罗斯军队离了无线电就走不过去了！被现代化装备惯坏的，应该是美国人而不是我们。我知道，当整个战场都处于电磁黑暗中时，你们心中肯定会感到恐惧。这时要记住，敌人比你们恐惧十倍！”

看着卡琳娜的身影混在穿迷彩服的军官中，消失在作战室的出口，列夫森科元帅不禁担心起来。她将重返前线，而她所在的电子战部队将是敌人火力最集中的地方。昨天，在同一亿千米远的儿子那来回延时达 5 分钟的通话中，元帅曾告诉他卡琳娜很好，但在今早的战斗中，她就险些没回来。

米沙和卡琳娜是在一次演习中认识的。那天，元帅和儿子一起吃晚饭，同往常一样，他们默默地吃着，米沙早逝的母亲在远处的相框中默默地看着他们。米沙突然说：“爸爸，我想起明天就是您的 51 岁生日了，我应该送您一件生日礼物。我是看见那架天文望远镜才想起来的，那件礼物真好。”

“送我几天时间吧！”

儿子抬头静静地看着父亲。

“你有你的事业，我很高兴，但做父亲的想让儿子了解自己的事业，这总不算过分吧！明天你和我一起去看军事演习怎么样？”

米沙笑着点点头。他很少笑的。

这是 21 世纪国内规模最大的一场演习。演习开始的前夜，米沙对公路上那滚滚而过的钢铁洪流并没有什么兴趣。一下直升机，他就钻进野战帐篷，用透明胶带替父亲贴好刚发下来的作战地图。第二天演习的整个过程中，米沙也没表现出丝毫的兴趣。这早在列夫森科元帅的预料之中，但有一件事使他感到莫大的安慰。

上午进行的演习项目是装甲师进攻高地，米沙同一群地方官员一起坐在观摩台的北侧。这次观摩台的位置虽在安全距离之外，但应那些猎奇的地方官员的要求，比过去大大靠前了。图 -22 轰炸机群掠过高地上空，重磅航空炸弹雨点般地落下，使那座山头变成喷发的火山口。这时，那群地方官员才明白真实战场同电影里的区别。在那地动山摇的巨响中，他们全都用双臂抱住脑袋伏在桌子上，有几位女士甚至尖叫着往桌下钻。但元帅看到，只有米沙一个人仍直直坐着，仍是那副冷漠的表情，静静地无动于衷地看着那座可怕的火山，任爆炸的火光在他的墨镜中狂闪。一股暖流冲击着列夫森科元帅的心田。儿子，你的身上到底流着军人的血啊！

这天晚上，父子俩在白天的演习现场散步。远处，各种装甲车辆的前灯如繁星洒满山谷和平原，空气中还残留着淡淡的硝烟味。

“这场演习要花多少钱？”米沙问。

“直接费用大约三亿卢布。”

米沙叹了口气，“我们的课题组想搞第三代恒星演化模型，申请了 35 万经费都批不下来。”

列夫森科元帅把他早就想对儿子说的话说了出来："我们两个的世界相差太远了。你的恒星，最近的也有 4 光年吧，它同地球上的军队与战争真是毫不相干。我对你的事业知之不多，但为之感到很骄傲。作为军人，我们也是最想让儿子了解自己事业的人。哪一个父亲不把对儿子讲述自己的戎马生涯当作最大的幸福？而你对我的事业却总抱着冷漠的态度。事实上，我的事业是你的事业的基础和保障。一个国家，如果没有足够数量和质量的武装力量保证它的和平的话，像你从事的这种纯基础研究根本不可能进行。"

"爸爸，你说反了。如果人们都像我们这样，用全部的生命去探索宇宙的话，就能领略到宇宙的美——它的宏大和深远后面的美，而一个对宇宙和自然的内在美有深刻感觉的人，是不会去进行战争的。"

"你这种想法真是幼稚到家了！如果战争是因为人们缺乏美感造成的，那和平可太容易了！"

"您以为让人类感受这种美就那么容易吗？"米沙指了指夜空中灿烂的星海，"您看这些恒星。人们都知道它们是美的，但有多少人能够真正体会到这种美的最深层呢？这无数的天体，它们从星云到黑洞的演化是那么壮丽，它们喷发的能量是那么巨大，但您知道吗，只用数目不多的几个优美的方程式就能精确地描述这一切。用这些方程式建立的数学模型能极其精确地预言恒星的一切行为。甚至我们对自己星球上大气层建立的数学模型，精确度都要比它低几个数量级。"

列夫森科元帅点点头，说："这是可能的，据说人类对月球的了解比对地球海底的了解还要多。但你所说的对宇宙和自然深层次美的感受还是制止不了战争。没有人比爱因斯坦更能感受这种美了，原子弹不还是在他的建议下造出来的吗？”

“爱因斯坦在他的后期研究中没什么建树，很大程度上是由于他过多地介入了政治。我不会走他的老路的。但，爸爸，到了需要的时候，我也会尽自己的责任的。”

米沙在演习区待了五天。元帅不知儿子是什么时候认识卡琳娜的。第一次看到他们在一起的时候，他们已经谈得很融洽了。他们谈恒星，而卡琳娜对此知道得很多。卡琳娜只是个天真烂漫的女孩，但因为拥有博士学位，她早早就扛上了一颗校星，他对此心里多少有些别扭。不过除此之外，他对卡琳娜的印象还是很好的。第二次见到米沙和卡琳娜在一起时，列夫森科元帅发现他们关系已更加亲密。他们谈话的内容让他很意外——他们在谈电子战。当时，他们俩在距元帅的吉普车不远的一辆坦克边，并没有避开别人的意思。

元帅听到米沙说：“你们现在只关注于一些纯软件的高层次的东西，比如 C3I、病毒攻击、数字战场，等等。可你想过没有，你们可能握着一把木

知识点拓展

毫米波：指波长为 1~10 毫米的电磁波，它位于微波与远红外波相交叠的波长范围，因而兼有两种波谱的特点。

头做的剑。”看着卡琳娜惊奇的目光，米沙继续说，“你想过这些东西的基础吗？也就是位于网络七层协议最下面的物理层？对于民用网络，可以使用光纤和定向激光之类的东西作为通信媒介。但对于用于战场的 C3I 系统，它的各个终端是快速移动和位置不定的，只能主要依赖电磁波来进行信息联系，而电磁波这东西，你知道，在干扰下就像薄冰一样脆弱……”

元帅真的吃惊不小。他从未与儿子交流过这些，米沙更不可能偷看他的机密文件，但米沙却把自己在电子战上多年来形成的思想简明准确地表达出来！米沙的这番话对卡琳娜的影响更大，居然使她偏离了原来的研究方向，研制出一种代号“洪水”的电磁干扰装置。“洪水”的大小可以装入一辆装甲车，能同时发出 3kHz ~ 30GHz 的强烈电磁干扰波，覆盖除**毫米波**之外的所有电磁通信波段。这种武器在西伯利亚某基地进行的第一次试验就为军队惹来了一屁股官司——“洪水”使附近那座城市的电磁波通信全部中断——手机不通了，传呼机不响了，电视机和收音机都收不到信号。对银行和股市的影响更是灾难性的，地方上把造成的损失说成了天文数字。“洪水”的灵感来自于一种电磁炸弹，原理是使用高能炸药在一次性线圈中产生强烈的电磁脉冲。所以，“洪水”工作起来如同火箭发动机一样，产生的声波能震破附近的窗玻璃，这就决定了它只能遥控操作，而距它二三千米处的操作人员还得穿上防微波辐射的防护服。“洪水”在总装备部和总参谋部的电子战指挥机构引起了很大的争论。很多人认为它没什么实战价值，在有限战场上使用它，就如同在巷战中使用核武器，对敌我的杀伤力都一样大。但在元帅的坚持下，“洪水”还是批量生产了 200 多台。现在，在统帅部新的电子战战略中，它将担当主要角色。

儿子爱上了一个军中的姑娘，元帅深感意外。他的结论是，米沙对卡琳娜的感情同她的职业无关。后来，米沙带卡琳娜到家里来过几次，第一次卡琳娜穿着一件亮丽的连衣裙，走时元帅听到米沙对卡琳娜说："下次穿军装来。"这事使元帅否定了自己先前的结论。他现在知道，米沙爱上卡琳娜，与她是一名少校军官并非一点关系也没有。与演习第一天上午感到的别扭不同，现在元帅觉得卡琳娜肩上的那颗校星无比美丽。

1月6日，莫斯科战区

强烈的电磁波在战区上空很快聚集，最后形成了巨大的电磁台风。战后人们回忆，当时在远离前线的山村里，人们也看到动物和鸟儿骚动不安；在灯火管制的城市中，人们能看到电视天线上感应出的微小火花……

从东线调往西线的第十二集团军的一个装甲团正在急速行军，团长站在停在路边的吉普车旁，满意地看着漫天雪尘中急速行进的部队。敌人的空袭远没有预料的强度，所以部队可以在白天赶路了。这时，三枚"战斧"导弹低低地从他们头顶掠过，冲压发动机低沉的嗡嗡声清晰可闻。不一会儿，远处响起了三声爆炸声。团长身边的通信员拿着只听得到沙沙声的耳机无事可做，转头看看爆炸的方向，然后惊叫起来，让他看。他让通信员不要大惊小怪，但旁边的一位少校营长也让他看，他就看了，然后困惑地摇了摇头。"战斧"不是每枚都能命中目标，但像这样三枚相距上千米落到空无一物的田野上，还真是少见。

两架苏-27孤独地飞行在战区5 000米上空。它们本来属于一支歼击机中队，但这支中队刚刚在海上同一组北约的F-22发生了遭遇战，混战中，它们和中队失散了。在以前，重新会合是轻而易举的事，但现在，无线电联络不通了，原来对高速歼击机来说很狭小的空域现在变得如宇宙一样广阔，要想会合难如登天。这对长僚机只能紧贴着飞行，距离之近像在飞特技。只有这样，他们才能听到对方的无线电呼叫。

“左上方发现可疑目标，方位220，仰角30！”僚机报告。长机飞行员沿那个方位看去，冬日雪后的晴空一碧如洗，能见度极好。两架飞机向斜上方靠近目标观察。那个目标与他们同一方向飞行，但速度慢了许多，所以他们很快追上了它。

当他们看清目标后，真觉得白天见了鬼。那是一架北约的E-4A预警机，是歼击机最不可能遇到的敌方飞机，就像一个人不可能看到自己的后脑勺一样。E-4A预警飞机上的雷达监视面积可达100万平方千米，环视一圈只需5秒；它能发现远离防区2 000千米处的目标，可以提供40分钟以上的预警时间；它能发现1 000～2 000千米范围里的800～1 000个电磁信号，每次扫描可询问和识别2 000个海陆空各类目标。预警机从不需护航，它强有力的千里眼可使自己远远地避开歼击机的威胁，所以长机飞行员理所当然地认为这可能是一个圈套。他和僚机向四周的空域仔细搜索了一遍，明净寒冷的空中看不到任何东西，长机决定冒一次险。

“雷球，雷球，我将发起攻击，你向317方位警戒，但注意不要超出目视距离！”

看着僚机向着长机认为最可能有埋伏的方位飞去后，他打开油门，猛拉操纵杆。苏-27 拖着加速产生的黑烟，如一条仰起头的眼镜蛇向斜上方的预警机扑去。这时，E-4A 也发现了向它逼近的威胁，急忙向东南方向做逃脱的机动飞行。干扰热寻导弹的镁热弹不断地从机尾蹦出，那一串小小的光球仿佛是它那被吓出壳的灵魂。预警飞机在歼击机面前就如同自行车在摩托车面前一样，是无法逃脱的。这时，长机飞行员才感到他刚才给僚机的命令是多么自私。他在 E-4A 的后上方远远跟着它，欣赏着到手的猎物。E-4A 背上蓝白相间的雷达天线罩线条优美，像一件可人的圣诞玩具；它那粗大的白色机身，如同摆在盘子里的一只肥美的烤鸭，令他垂涎欲滴，又不忍下刀叉。但直觉使他不敢拖延。他首先用 20 毫米口径机炮做了一个点射，击碎了 E-4A 的雷达天线罩。他看到，西屋公司制造的 AN/PY-3 型雷达的天线的碎片飞散在空中，如圣诞节银色的纸花。接着，他用机炮切断了 E-4A 的一个机翼，最后，射速达每分钟 6 000 发的双管机炮射出的死亡之刃，将已经翻滚下坠的 E-4A 拦腰斩断。苏-27 盘旋着跟随两块坠落的机体，飞行员看到，人员和设备不停地从机舱中掉出，就像从盒中掉出的糖果一样，有几朵伞花在空中绽开。他想起了在刚过去的空战中，一个战友被击落时的情景：一架 F-22 三次从战友的降落伞上方掠过，把伞冲翻了，他看着战友像块石头一样渐渐消失在大地的白色背景中。他克制了这样做的冲动，同僚机会合后，双机编队以最快的速度脱离这个空域。

他们仍觉得这可能是个圈套。

走散的飞机并不止那两架。在战线的上空，一架隶属于美国陆军骑一师的“科曼奇”在漫无目的地飞着，飞行员沃克中尉却倍感兴奋。他刚从

“阿帕奇”转飞“科曼奇”不久，对这种20世纪末才大量装备陆军的武装攻击直升机不太适应。他不喜欢“科曼奇”的没有脚踏的操纵系统，并觉得它的双目头盔瞄准镜不如“阿帕奇”的单目镜舒服，但他最不适应的还是坐在前面的攻击指挥员哈尼上尉。他们第一次见面时，哈尼说：“中尉，你要清楚自己的位置，我是这架直升机的大脑，你只是它电子和机械部件的一部分——你要尽到一个部件的责任！”而沃克最讨厌作为一个部件而存在。记得一位年近百岁的参加过“二战”的前海军飞行员参观他们的基地时，看了看“科曼奇”的座舱，摇摇头说：“唉，孩子们，我当年那架‘野马’，座舱里的仪表还不如现在微波炉上的多。我最好的仪表是它！”他拍了拍沃克的屁股，“我们两代飞行员的区别，就是空中骑士和电脑操作员的区别。”沃克想当空中骑士，现在机会来了。在俄罗斯人那近乎变态的疯狂干扰下，这架直升机上的什么“作战任务设备一体化系统”，什么“目标探测系统”，什么“辅助目标探查分类系统”，什么“真实视觉场面发生器”，还有“资料突发系统”，全都休克了！只剩下那两台1 200马力的T800型引擎还在忠实地转动着。哈尼平时就是全凭那些电子玩意儿发号施令的，现在他那张喋喋不休的臭嘴也随着这些东西安静下来。这时，内部送话系统传来了哈尼的话音：“注意，发现目标，好像在左前方，好像在那个小山包旁边，有一支装甲部队，好像是敌人的，你……看着办吧！”

沃克差点笑出声来：“哈，这小子，听他以前是怎么指挥的：‘发现目标，方位133，90式坦克17辆，89式运兵车21辆，向391方位以平均时速43.5千米运动，平均间隔31.4米。按‘AJ041号’优化攻击方案，从179方位以37度倾角进入……’现在呢？‘好像’有装甲部队，‘好像’在

‘山包那边’。这用你说？我早看见了！还让我看着办！你是废物了，哈尼，现在是我的天下，我要用屁股当仪表做一个骑士了！这架‘科曼奇’在我的手中将不辜负它那英勇的印第安部落的名字。”

“科曼奇”向着那显而易见的目标冲去，把机上的62枚27.5英寸口径“蜂巢”火箭全部发射出去。沃克陶醉地看着那群拖着着火尾的小蜜蜂欢快地向目标飞去，把敌人的车队淹没于一片火海之中。但当他迂回飞行观察战果时却发现事情不对，地面上敌人的士兵没有隐蔽，而是全都站在雪地上冲他指指点点，像是在破口大骂。沃克飞近一些，清楚地看到了一辆被击毁的装甲车上的标志，那是个三环同心圆，中间是蓝色，然后是一个白圈儿和一个红圈儿。沃克眼前一黑，感到世界变成了地狱，破口大骂起来：“你个白痴，你瞎眼了？！”

但他还是聪明地远远飞开，以防那些暴怒的法国佬还击。“你现在大概在想，到军事法庭上怎样把责任推给我。你推不掉的，你是负责目标甄别的，你要明白这一点！”

“也许……我们还有机会补救，”哈尼怯生生地说，“我又发现了一支部队，就在对面……”

“去你的吧！”沃克没好气地说。

“这次没错，他们正在同法国人交火！”

这下沃克又来了精神，他驾机向新目标冲去，看到对方主要是步兵，装甲力量不多，这倒证实了哈尼的判断。沃克把仅剩的四枚“地狱火”导弹发射出去，然后把加特林双管机枪的射速调到每分钟1 500发并开始射击，他舒服地感觉到机枪通过机体传来的微微振动，看到地面敌人的散兵线被撒上了一层白色的“胡椒面”。但一名老练的武装直升机飞行员的直觉告诉他有危险。他扭头一看，只见一枚肩射导弹刚刚从左下方一名站在吉普车上的士兵肩上射出来。沃克手忙脚乱地发射了诱饵镁热弹，又向后方做摆脱飞行，但晚了，那枚导弹拖着蛛丝般的白烟击中了“科曼奇”的机头下部。沃克从爆炸带来的短暂昏眩中醒来时，发现直升机已坠落到雪地上。沃克拼命爬出全是白烟的机舱，在雪地上抱住一棵刚被螺旋桨齐腰砍断的树，回头看见了前舱中被炸成肉酱的哈尼上尉。他又看到前方一群端着冲锋枪的士兵正在向他跑来。沃克颤抖着抽出手枪放到面前的雪地上，然后掏出俄语会话本读了起来：“吾已方下无起，吾是战扶，日内瓦……”

他后脑挨了一枪托，肚子上又挨了一脚，但他翻倒在雪地上时却大笑起来——他可能被揍个半死，但不会全死，因为他看到了那些士兵衣领上波兰军队的鹰形领章。

1月7日，明斯克，北约军队作战指挥中心

“把那个该死的军医叫来！”托尼·帕克上将烦躁地喊道。当那名瘦高的上校军医跑到他面前时，他恼怒地说：“怎么搞的？你折腾了两次，我的假牙还在嗡嗡响！”

“将军，这是我见过的最奇怪的事，也许是您的神经系统有问题，要不我给您打一针局部麻醉？”

这时，一位少校参谋走过来说："将军，请把假牙给我，我有办法的。"于是帕克取下假牙，放到了少校递过来的纸巾上。

关于将军掉的两颗门牙，媒体的普遍说法是在波斯湾战争中他所在的坦克被击中时造成的，只有将军自己知道这不是真的。那次是断了下颚，牙则是更早些时候掉的。那是在克拉克空军基地，当时的世界好像除了火山灰外什么都没有——天是灰的，地是灰的，空气也是灰的，就连他和基地最后一批人员将要登上的那架"大力神"，机顶上也落了厚厚白白的一层。火山岩浆的暗红色火光在这灰色的深处时隐时现。那个菲律宾女职员还是找来了，说基地没了，她失业了，房子也压在火山灰下，让她和肚子里的孩子怎么活？她拉着他，求他一定带她到美国去，他告诉她这不可能，于是她脱下高跟鞋朝他脸上打，打掉了他的两颗门牙。看着灰色的海水，帕克默念："我的孩子，现在你在那儿？你是和母亲在马尼拉的贫民窟中度日吗？如果你是个女孩，说不定像你妈妈（她叫什么来着，哦，阿莲娜）一样能认识个美国军官……"

修牙的少校回来了，打断了将军的胡思乱想。将军拿过纸巾上的假牙装上，几秒后惊奇地看着少校："嗯？你是怎么做到的？"

"将军，您的假牙响是因为它对电磁波产生了共振。"

将军盯着少校，分明不相信他的话。

"将军，真是这样！也许您以前也曾暴露在强烈的电磁波下，比如在雷达的照射范围里，但那些电磁波的频率同您的假牙的固有频率不吻合。而现在，空中所有频带的电磁波都很强烈，于是产生了这种情况。我把假牙进行了一些加工，使它的共振频率提高了许多，它现在仍然共振，但您感觉不到了。”

少校离开后，帕克将军的目光落到了电子作战图旁的一个座钟上。钟座是骑着大象的汉尼拔塑像，上面刻着“战必胜”三个字，原来摆放在白宫的蓝厅，当时总统发现他的目光总落在那玩意儿上，就亲自拿起了在那儿放了100多年的钟赠给了他。

“上帝保佑美国，将军，现在您就是上帝！”

帕克沉思了很久，缓缓地说：“命令全线停止进攻，用全部空中力量搜寻并摧毁俄罗斯人的干扰源。”

1月8日，俄罗斯军队总参谋部

“敌人停止进攻了，你好像并不感到高兴。”列夫森科元帅对刚从前线归来的西部集群司令说。

“是高兴不起来。北约的全部空中力量已集中打击我们的干扰部队，这种打击确实是很奏效的。”

“这在我们的预料之中。”列夫森科元帅平静地说，“我们的战术在开始会使敌人手足无措，但他们总会想出对付的办法。用于阻塞式干扰的干扰机，由于其强烈的全频带发射，很容易被探测和摧毁。好在我们已争取了相当的时间，现在全部希望都寄托在两个集群的快速集结上了。”

“情况可能比预想的严峻”，西部集群司令说，“在我们失去电子战优势之前，可能没有给高加索集群进入出击位置留下足够的时间。”

西部集群司令走后，列夫森科元帅看着电子沙盘上的前线地形，想起了正处于敌人密集火力下的卡琳娜，由此又想起了米沙。那天，米沙回到家里，脸上青一块紫一块的。这之前，元帅已听到传言，说他儿子是那所大学中唯一一名反战分子，结果被学生们打了。

“我只是说不要轻言战争，我们真的不能同西方达成一种理智的和平吗？”米沙对父亲解释说。

元帅用从未有过的严厉口吻对儿子说：“你知道自己的身份。你可以不说话，但以后绝不许出现类似的言论。”

米沙点了点头。

再往后，父子俩每天晚上都像往常一样默默地吃饭，直到有一天，米沙接到航天基地的通知，收拾起行装走了。两天后，他乘航天飞机登上了在近地轨道运行的“万年风雪号”。

又过了一周，战争全面爆发。这是一场由空前强大的敌人从预料不到的方向发起的旨在彻底肢解俄罗斯的世界大战。

1月9日，近日轨道，“万年风雪号”掠过水星

由于“万年风雪号”的速度很快，它不可能成为水星的卫星，只能从这颗行星面对太阳的那一面高速掠过。这是人类第一次用肉眼直接对水星

表面进行近距离观察。米沙看到，水星表面高达两千米的峭壁，蜿蜒数百千米，穿过布满巨大坑穴的平原。他还看到了被行星地质学家称作“不可思议的地形”的名叫“卡托里萨”的盆地，其直径达 1 300 千米。它的不可思议之处在于，在水星的另一面，有一个面积相仿的盆地正对着它。人们猜测，这是因为一颗巨大的彗星撞击了水星，强烈的震波穿过了整个星体，在两个半球同时形成了极其相似的两个盆地。米沙还发现水星表面有许多明亮的光斑。当他在屏幕上把那些光斑放大后，激动得屏住了呼吸。

那是水星上的水银湖泊，每个的面积平均达上千平方千米。

米沙想象着在水星那漫长的白天，在那 1 800℃的高温下，站在水银湖岸边的情形。即使在狂风中，水银湖也会很平静，更不要说水星没有大气，没有风。湖的表面如广阔的镜子平原。太阳和银河毫不失真地投射在上面。

“万年风雪号”掠过水星后，将继续靠近太阳，一直航行到它那由核聚变制冷装置支持的绝热层所能忍受的极限距离。太阳的高温将是它最好的掩护。北约的任何太空航行器都不可能飞进这个酷热的地狱。

看看这广阔的宇宙，再想想一亿千米之外的母星上的那场战争，米沙再次哀叹人类目光的狭隘。

1月10日，斯摩棱斯克前线

看着敌人渐渐靠近的散兵线，卡琳娜明白了为什么当周围的干扰点相继被摧毁后，只有她这里幸存下来——敌人想夺取一台完整的“洪水”。

由三架“科曼奇”和四架“黑鹰”组成的直升机群轻而易举地发现了这台“洪水”的位置。由于“洪水”巨大的电磁波，对它的遥控只能通过光缆，敌人顺着光缆发现了卡琳娜所在的距那台“洪水”3 000米的遥控站。这是一间被废弃的孤立的小库房。

四架运载着40多名敌人步兵的“黑鹰”在距库房不到200米处降落了。当时，遥控站中除卡琳娜之外还有一名上尉和一名上士。上士听到引擎声响，刚拉开库房的门，就被直升机上的狙击手射出的一颗子弹掀开了头盖骨。敌人随后的火力很谨慎也很节制，显然怕伤了库房里他们想得到的设备，卡琳娜和那名上尉得以多坚守了一段时间。

现在，在卡琳娜的左前方，上尉的冲锋枪声沉默了，这枪声是这里唯一的安慰。她看到在作为掩体的树桩后面，上尉一动不动，一圈殷红的鲜血正在他周围的雪地上扩散。卡琳娜处在库房前由几个沙袋堆成的简易掩体后面，脚下散落着八个冲锋枪弹夹，滚烫的枪管在沙袋上面的积雪中发出嘶嘶的声音。每当卡琳娜射击时，对面的敌人就会卧倒，子弹在他们前面溅起一团团雪花，而半圆形包围圈未受攻击的敌人则跃起快步推进一段距离。现在，卡琳娜只剩下三个弹夹了，她开始打单发，这没有经验的举动等于告诉敌人她子弹不多了，使他们更快更大胆地推进。卡琳娜再次换弹夹时，听到沙袋顶上厚厚的积雪“吱”地响了一声，有什么东西从中飞快地钻了过来，她感到右肋被什么猛推了一下，没有疼痛，只有一阵很快扩散的麻木感，温热的血顺着右侧身体流了出来。她坚持着，几乎是漫无目标地打完了这个弹夹。当她伸手拿起沙袋顶上最后一个弹夹时，一颗子弹打断了她的前臂，弹夹掉到雪地上。卡琳娜站起身，回头向库房门走去，身后的雪地上留下了一条细细的血迹。当她拉开门时，又一颗子弹穿透了她的左肩。

由瑞特·唐纳森上尉率领的美国海军陆战队“海豹”突击队小分队谨慎地靠近库房。唐纳森和两名陆战队员越过那名俄罗斯上士的尸体，踹开门冲进帐篷，发现里面只有一名年轻女军官。她坐在他们的目标——“洪水”遥控仪旁边，一只被打断的手臂无力地垂在控制台上，对着显示屏上映出的影子，用另一只手整理着自己的头发，不断滴下的鲜血在她的脚下积成了小小的血洼。她对着冲进来的美国人和那一排枪口笑了一下，算是打了招呼。唐纳森长出了一口气，但这口出来的气再也没有吸回去——他看到她整理头发的手从控制台上拿起了一个墨绿色椭圆形的东西，把它悬在半空中。唐纳森立刻认出了那是一枚气体炸弹，由于是装备武装直升机的，体积很小。那东西可由激光近炸引信引爆，在距地面半米处发生两次爆炸，第一次扩散气体炸药，第二次引爆炸药雾。他现在就是一支箭也飞不出它的威力圈。

他朝她伸出一只手向下压着，“镇静，少校，镇静下来，不要激动。”他朝周围示意了一下，陆战队员们的枪口垂了下来，“您听我说，事情没您想的那么严重。您将得到最好的治疗，您将被送到德国最好的医院，然后，会作为第一批交换的战俘……”少校又对他笑了一下，这使他多少受到了一些鼓励，“您完全没必要采用这么野蛮的方式，这是一场文明的战争，它本来是会很顺利的，这一点在 20 天前越过波俄边境时我就感觉到了。当时你们的大部分火力都被摧毁，只有零星的机枪声恰到好处地点缀着我们这场光荣而浪漫的远征。您看，一切都会很顺利的，没必要——"

"我还知道另一次更美妙的开始。"少校用纯正的英语说，她轻柔的声音如同来自天堂，能让火焰熄灭，钢铁变软，"美丽的沙滩，棕榈树上挂着欢迎的横幅。到处是漂亮的姑娘，留着齐腰的长发，穿着沙沙作响的丝裤，在年轻的士兵中移动，用红色和粉红色的花环装点着他们，羞怯地对着目瞪口呆的士兵们微笑……上尉，您知道这次登陆吗？"

唐纳森困惑地摇摇头。

"这就是1965年3月8日上午9点，在岘港，美国首批海军陆战队士兵登上越南土地的情景，也是越战的开端。"

唐纳森觉得自己一下子掉进了冰窟，刚才的镇静瞬间消失了，他的呼吸急促起来，声音开始颤抖："不，别这样少校。您这样对待我们是不公平的！我们没有杀过多少人，杀人的是他们。"他指着窗外半空中悬停着的直升机，"是那些飞行员，还有那些在很远的航空母舰上操作电脑指引巡航导弹的先生，但他们也都是些体面的人。他们所面对的目标都是屏幕上漂亮的彩色标记，他们按一下按钮或动一下鼠标，耐心地等一会儿，那些标志就消失了。他们都是文明的先生，他们没有恶意，真的没有恶意……您在听我说吗？"

少校笑着点点头，谁说死神是丑恶恐怖的。死神真美。

"我有一个女朋友，她在马里兰大学读博士，她像您一样美丽，真的，她还参加反战游行……"我真该听她的，唐纳森想，"您在听我说吗？您也说点什么吧，求求您说点什么。"

美丽的少校最后对敌人微笑了一次："上尉，我尽责任了。"

这时，赶来增援的俄军 104 摩步师的一支部队距“洪水”遥控站还有 500 米，他们首先听到了一声沉闷的爆炸，并远远看到那间宽阔田野中孤零零的小库房隐没于一团白雾之中。紧接着是一声比刚才高百倍的巨响，地动山摇，一团巨大的火球在库房的位置出现，火焰裹在黑色的浓烟中高高升起，化作高耸的蘑菇云，如绽放在天地之间的一朵绝美的生命之花。

1 月 11 日，俄罗斯军队总参谋部

“我知道你想要什么东西，别废话，要吧！”列夫森科元帅对高加索集群司令说。

“我想让前两天的战场电磁条件再持续 4 天。”

“你清楚，我们的战场干扰部队现在有 70% 已被摧毁，我现在连 4 个小时都无法给你了！”

“那我的集群无法按时到达出击位置，北约的空中打击大大迟滞了部队的集结速度。”

“要是那样的话，你就把一颗子弹打进自己脑袋里去吧！现在敌人已逼近莫斯科，已到了 70 年前古德里安到过的位置。”

在走出地下作战室的途中，高加索集群司令在心里默念：莫斯科，坚持啊！

1月12日，莫斯科防线

塔曼摩步师师长费利托夫上校清楚，他们的阵地最多只能再承受一次进攻了。

敌人的空中打击和远程打击渐渐猛烈起来，而俄军的空中掩护却越来越少了。这个师的装甲力量和武装直升机都所剩无几，最后的坚守几乎全靠血肉之躯。

师长拖着被弹片削断的腿，拄着一支步枪走出掩体。他看到战壕挖得不深，这也难怪，现在阵地上大部分都是伤员了。但他惊奇地发现，在战壕的前面筑起了一道整齐的约半米高的胸墙。师长很奇怪这胸墙是用什么材料这么快筑起的，这时他看到被雪覆盖的胸墙上伸出几条树枝一样的东西，走近一看，那是一只只惨白僵硬的手臂……他勃然大怒，一把抓住一位上校团长的衣领。

“混蛋！谁让你们用士兵的尸体筑掩体的？！”

“是我命令这样干的。”师参谋长的声音从师长身后平静地响起，“昨天晚上进入新阵地太快，这里又是一片农田，实在没有什么别的材料了。”

他们沉默地对视着。参谋长额头绷带中流出的血在脸上一道道地冻结了。这样过了一会儿，他们两人朝这堵用青春和生命筑成的胸墙走去。师长的左手拄着用作拐杖的步枪，右手扶正了钢盔，向着胸墙行军礼，仿佛在最后一次检阅自己的部队……

他们路过了一个被炸断双腿的小士兵，从断腿中流出的血把下面的雪和土混成了红黑色的泥，这泥的表面现在又冻住了。小士兵正躺着把一颗反坦克手雷往自己怀里放，他抬起没有血色的脸，朝师长笑了笑，“我要把这玩意儿塞进‘艾布拉姆斯’的履带里。”

寒风卷起团团雪雾，发出凄厉的啸声，仿佛在奏着一首上古时代的战歌。

“如果我比你先阵亡，请你也把我砌进这道墙里。这确实是一个好归宿。”师长说。

“我们两个不会相差太长时间的。”参谋长用他那特有的平静说。

1月12日，俄罗斯军队总参谋部

一个参谋来告诉列夫森科元帅，航天部部长急着要见他，事情很紧急，是有关米沙和电子战的事。

听到儿子的名字，列夫森科元帅心里一震。他已得知卡琳娜阵亡的消息，但他无法想象一亿千米之外的米沙同电子战有什么关系，他甚至想象不出米沙现在和地球有什么关系。

部长一行人走了进来，他没有多说话，径直把一张3英寸光盘递给了列夫森科元帅：“元帅，这是我们一小时前收到的米沙从‘万年风雪号’上发回的信息。”后来他又补充说，“这不是私人信息，希望您能当着所有相关人员的面播放它。”

作战室中的所有人听着来自一亿千米以外的声音：“我从收到的战争新闻中得知，如果电磁干扰不能再持续三到四天的话，我们可能输掉这场战争。如果这是真的，爸爸，我能给您这段时间。

“以前，您总认为我所研究的恒星与现实相距太远，我自己也是这么认为，现在看来我们都错了。我记得对您提起过，恒星产生的能量虽然巨大，但它本身却是一个相对单纯和简单的系统。比如我们的太阳，组成它的只是两种最简单的元素：氢和氦。它的运行也只是由核聚变和引力平衡两种机制构成。同我们的地球相比，它的运行状态在数学模型上比较容易把握。现在，我们对太阳已经建立了十分精确的数学模型，其中也有我做的工作。通过这个数学模型，我们可以对太阳的行为做出十分精确的预测，这就使我们可以利用一个微小的扰动，在短时间内局部打破太阳运行的平衡。方法很简单：用‘万年风雪号’精确撞击太阳表面的某点。

“也许您认为，这不过是把一块小石头投入海洋，但事实不是这样。爸爸，这是一粒沙子掉进了眼睛！

“根据数学模型我们得知，太阳是一个极其精细而敏感的能量平衡系统，如果计算得当，一个微小的扰动就能在太阳表面和内部产生连锁反应，这种反应扩散开来，其局部平衡就会被打破。历史上有过这样的先例。最近的记载是在 1972 年 8 月初，在太阳表面一个很小的区域发生了一次剧烈的电磁爆发，对地球产生了巨大的影响。飞机和轮船上的罗盘指针胡乱跳动；远距离无线电通信中断；在北极地区，夜空中闪动着炫目的红光；在乡村，电灯时亮时灭，如同处于雷暴的中心。这种效应持续了一个多星期。

现在比较可信的解释是：当时有一颗比‘万年风雪号’还小的天体撞击了太阳表面。类似的太阳表面平衡扰动在历史上一定多次发生过，但大部分发生在人类发明无线电接收装置以前，所以没被察觉。这些对太阳表面的撞击都是随机的、偶然的，因而所能产生的平衡扰动在强度和范围上都是有限的。

“但‘万年风雪号’对太阳的撞击点是经过精确计算的，所产生的扰动比上面提到的自然产生的扰动要大几个数量级。这次扰动将使太阳向太空喷发出强烈的电磁辐射，包括从极低频到甚高频的所有频带的电磁波。同时，太阳射出的强烈的X射线将猛烈撞击对短波通信十分重要的电离层，从而改变电离层的性质，使通信中断。在扰动发生时，地球表面除毫米波外的绝大部分无线电通信将中断。这种效应在晚上可能相对弱一些，但在白天甚至超过了你们前两天进行的电磁干扰。据计算，这次扰动大约可持续一周。

“爸爸，以前我们两个人一直生活在相距遥远的两个世界中，互相交流很少。但现在，我们这两个世界已融为一体，我们在为一个共同的目标而战，我为此自豪。爸爸，像您的每 个士兵一样，我在等着您的命令。”

航天部部长说：“米哈伊尔博士所说的都是事实。去年，我们向太阳发射过一个探测器，它依据数学模型的计算对太阳表面进行了一次小型的撞击实验，证实了模型所预言的扰动。博士和他的研究小组还提出了一个设想：将来也许可以用这种方法适当改变地球的气候。”

列夫森科元帅走进一个小隔间，拿起直通总统的红色电话。过了一会儿，他就从隔间走了出来。历史对这一时刻的记载是不同的，有人说他马上说出了那句话，也有人说他沉默了一分钟之久，但那句话的内容是一致的。

“告诉米沙，照他说的去做吧。”

1月12日，近日轨道，“万年风雪号”冲向太阳

“万年风雪号”的十台核聚变发动机全部打开，每台发动机的喷口都喷出了长达上百千米的等离子体射流，它在最后修正轨道和姿态。

在“万年风雪号”的正前方，有一道巨大的美丽日珥。那是从太阳表面盘旋而上的灼热的氢气气流，像一条长长的轻纱，飘浮在太阳火的海洋上空，变幻着形状和姿态。它的两端都连着日球表面，形成了一座巨大的拱门。“万年风雪号”从这高达 40 万千米的凯旋门正中缓缓地、庄严地通过。前方又出现了几道日珥，它们只有一头同太阳相连，另一头伸进了太空深处。发动机闪着蓝光的“万年风雪号”像穿行在几棵大火树中的一只小小的萤火虫。后来，那蓝光渐渐熄灭，发动机停止了，“万年风雪号”的轨道已精确设定，剩下的一切都将由万有引力定律来完成了。

当飞船进入太阳的上层大气日冕时，上方太空黑色的背景变成了紫红色，这紫红色的辉光弥漫了这里的所有空间。在下方，可以清楚地看到太阳色球中的景象。在那里，成千上万的针状体在闪闪发光。那些东西在 19

世纪就被天文学家观察到了，它们是从太阳表面射向高空的发光的气体射流，这些射流使得太阳大气看上去像一片燃烧的大草原，每棵草都有上千千米高。在这燃烧的大草原下面就是太阳的光球，那是无边无际的火的海洋。

从“万年风雪号”发回的最后的图像中，人们看到米沙从巨大的监视屏前起身，打开了透明穹顶外面的防护罩，壮丽的火海展现在他面前。他想亲眼看看他童年梦幻中的世界。火之海在抖动变形，那是半米厚的绝热玻璃在熔化。很快，那上百米高的玻璃壁化作一摊透明的液体滚落下来。像一个初见海洋的人陶醉地面对海风，米沙伸开双臂迎接那向他呼啸而来的6 000摄氏度的飓风。在摄像机和发射设备被烧熔之前发回的最后几秒图像中，可以看到米沙的身体燃烧起来，最后变成了一个跳动的火炬，和太阳的火海融为一体……

接下来的景象只能猜想了：“万年风雪号”的太阳能电池板和突出结构首先熔化，由于其表面张力，飞船的表面形成一个个银色的小球。当“万年风雪号”越过色球和日冕的交界处时，它的主体开始熔化。当它深入2 000千米后，整个飞船完全熔化。一滴滴分开的金属液珠合并成一个巨大的银色液球，精确地沿着那已化为液体的计算机所设定的目标高速飞去。太阳大气的作用开始显现——液球的周围出现了一圈淡蓝色的火焰，向后拖了几百千米长，颜色由淡蓝渐变为黄色，在尾部变成美丽的橘红色。

最后，这美丽的火凤凰消失在浩渺的火海之中。

1月13日，地球

人类回到了**马可尼**之前的世界。

入夜，即使在赤道地区，夜空也充满了涌动的极光。

面对着一片雪花的电视屏幕，大多数人只能猜测和想象那片激战中的广阔土地上的情形。

1月13日，莫斯科前线

帕克将军推开了企图把他拉上直升机的82空降师师长和几名前线指挥官，举起望远镜继续看着远方。那里，俄罗斯人的坦克滚滚而来。

知识点拓展

马可尼（1874—1937）：意大利无线电工程师，企业家，被称为“无线电之父”。1894年，马可尼了解到海因利希·赫兹几年前所做的实验，这些实验清楚地表明了不可见的电磁波是存在的，并以光速在空中传播。在博洛尼亚大学学习期间，他用电磁波进行约2千米距离的无线电通信实验，获得了成功。1897年，他在伦敦成立“马可尼无线电报有限公司”。1909年，他与布劳恩一起获得诺贝尔物理学奖。

“定标 4 000 米，9 号弹药装填，缓发引信，放！”

通过来自后方的射击声帕克知道，还有不到 30 门 105 毫米口径榴弹炮可以射击，这是他目前唯一可以用于防守的重武器了。

一小时前，这个阵地上唯一一支装甲力量——德军的一个坦克营——以令人钦佩的勇气发起反冲锋，并取得了显著的战果：在距此 8 千米处击毁了相当于他们坦克数目 1.5 倍的俄罗斯坦克。但由于数量上的绝对劣势，他们在俄罗斯人的钢铁洪流面前如正午太阳下的露珠一样消失了。

“定标 3 500 米，放！”

炮弹飞行的嘶鸣过后，在俄罗斯人的坦克阵前面掀起了一道由泥土和火焰构成的高墙。但就如同塌下的泥土只能暂时挡住洪水，洪水最终将漫过来一样，爆炸激起的泥土落下后，俄罗斯人的装甲前锋又在浓烟中显现。帕克看到他们的编队十分密集，如同在接受检阅。在前几天用这种队形进攻是自取灭亡，但现在，在北约的空中和远程打击火力几乎全部瘫痪的情况下，这却是可以采用的队形，可以最大限度地集中装甲攻击力量，以确保在战线上的突破。

防线配置的失误是在帕克将军预料之中的，因为在这样的战场电磁条件下，要想准确快速地判明敌人的主攻方向几乎是不可能的。对下一步的防守，他心中一片茫然。在 C3I 系统全面瘫痪的情况下，快速调整防御布局是十分困难的。

“定标 3 000 米，放！”

“将军，您在找我？”法军司令若斯凯尔中将走了过来。他身边只跟着一名法军中校和一名直升机飞行员。他没穿迷彩服，胸前的勋章和肩上的将星擦得锃亮，但却戴着钢盔，提着步枪，显得不伦不类。

“听说在我们的左翼，幼鹿师正在撤出阵地。”

“是的，将军。”

“若斯凯尔将军，在我们的身后，70 万北约部队正在撤退，他们的成功突围取决于我们的坚固防守！”

“是取决于你们的坚固防守。”

“我听不明白。”

“您什么都明白！你们对我们隐瞒了真实战局，你们早就知道右翼联盟的军队要在东线单方面停火！”

“作为北约军队最高指挥官，我有权这样做。将军，我想您也明白，您和您的部队有接受指挥的职责。”

…………

“定标 2 500 米，放！”

…………

“我只遵守法兰西共和国总统的命令。”

“我不相信现在您能收到这样的命令。”

“几个月前就收到了。在爱丽舍宫的国庆招待会上，总统亲自向我说明了在这种情况下法国军队的行为准则。”

“你们这些家伙，这几十年来你们一直没变！”帕克终于失去控制。

“话别说得这么难听，将军。如果您不走，我也会一个人留下来，我们一起光荣地战死在这广阔的雪原上。拿破仑在这儿也失败过，我们不丢人。”若斯凯尔向帕克挥动着那支 FAMS 法军制式步枪说。

…………

“定标 2 000 米，放！”

…………

帕克慢慢地转过身，面对一群前线指挥官：“请你们向坚守阵地的美军部队传达我下面的话：我们并非生来就是一支只能靠电脑才能打仗的军队，我们原本是由庄稼汉组成的军队。几十年前，在瓜达卡纳尔岛，我们在热带丛林中一个地洞一个地洞地同日本人争夺；在溪山，我们用圆锹挡开北越士兵的手榴弹；更远一些的时候，在那个寒冷的冬夜，伟大的华盛顿领着没有鞋穿的士兵渡过冰封的特拉华河，创造了历史……”

“定标 1 500 米，放！”

“我命令，销毁文件和非战斗辎重……”

“定标 1 200 米，放！”

帕克戴上钢盔，穿上防弹衣，并把那只 9 毫米口径手枪别在左腋下。这时，榴弹炮的射击声沉默了，炮手正把手榴弹填进炮膛中，接着响起了一阵杂乱的爆炸声。

“全体士兵，”帕克看着已像死亡屏障一样在他们面前展开的俄罗斯坦克群说，“上刺刀！”

战场的浓烟后面，太阳时隐时现，给血战中的雪野投下变幻的光影。

乡村教师

刘慈欣

他知道，这最后一课要提前讲了。

又一阵剧痛从肝部袭来，使他几乎晕厥过去。他已没有气力下床了，便艰难地挪向床边的窗口。月光映在窗纸上，银亮亮的，使小小的窗户看上去像是通向另一个世界的门。那个世界的一切一定都是银亮亮的，如同用银子和不冻人的雪做成的盆景。他颤颤地抬起头，从窗纸的破洞中望出去，幻觉立刻消失了，他看到了远处自己度过了一生的村庄。

村庄静静地卧在月光下，像是百年前就没了人似的。那些黄土高原上特有的平顶小屋，形状同村子周围的黄土包没啥区别，在月夜中颜色都一样，整个村子仿佛已融入这黄土坡之中。只有村前那棵老槐树看得很清楚，树上干枯枝杈间的几个老鸦窝更是黑黑的，像是落在这暗银色画面上的几滴醒目的墨点……其实，村子也有美丽温暖的时候。比如秋收时，外面打工的男人、女人大都回来了，村里有了人声和笑声，家家屋顶上堆着金灿灿的玉米，打谷场上娃们在秸秆堆里打滚。再比如过年的时候，打谷场被汽灯照得通亮，在那里连着几天闹红火、摇旱船、舞狮子。那几个狮子只剩下咔嗒作响的木头脑壳，上面的油漆都脱了，村里没钱置新狮子皮，就用几张床单代替，人们玩得也挺高兴。但正月十五一过，村里的青壮年都外出打工挣生活去了，村子一下没了生气。只有每天黄昏，当稀稀拉拉的几缕炊烟升起时，村头可能出现一两个老人，扬起山核桃一样的脸，眼巴巴地望着那条通向山外的路，直到在老槐树上挂着的最后一抹夕阳消失。天黑后，村里早早就没了灯光——娃娃和老人睡得都早，电费贵，现在到一块八一度了。

这时，村里隐约传出一声狗叫，声音很轻，好像那狗在说梦话。他看着村子周围月光下的黄土地，突然觉得那仿佛是纹丝不动的水面。要真是水就好了，今年是连着第五个旱年了，要想有收成，又要挑水浇地了。想起田地，他的目光向更远的地方移去。那些小块的山田，月光下如同巨人登山时留下的一个个脚印。在这座只长荆条和毛蒿的石头山上，田也只能是这么东一小块西一小块的，别说农机，连牲口都转不开身，只能凭人力耕种。去年一家农机厂到这儿来，推销一种微型手扶拖拉机，说可以在这些巴掌大的地里干活儿。那东西真是不错，可村里人说他们这是闹笑话哩！他们想过那些巴掌地能产出多少东西来吗？就是绣花似的种，能种出一年的口粮就不错了，遇上这样的旱年，可能种子钱都收不回来！为这样的田买那三五千一台的拖拉机，再搭上两块多一升的柴油？唉，这山里人的难处，外人哪能知晓？

这时，窗前走过了几个小小的黑影，在不远的田垄上围成一圈蹲了下来，不知要干什么。他知道他们都是自己的学生。其实只要他们在近旁，不用眼睛他也能感觉到他们的存在，这直觉是他用一生积累出来的，只是在这生命的最后时间里更敏锐了。

他甚至能认出月光下的那几个孩子，其中肯定有刘宝柱和郭翠花。这两个孩子都是本村人，本来不必住校的，但他还是收他们住了。刘宝柱的爹十年前骗了个川妹子成亲，生了宝柱，五年后娃大了，对那女人看得也松了，结果有一天她跑回四川了，还卷走了家里所有的钱。那以后，宝柱爹也变得不成样儿了，开始是赌，同村子里那几个老光棍一样，把自家折腾得只剩四堵墙一张床；然后是喝，每天晚上都用八毛钱一斤的地瓜烧把自己灌得烂醉，拿孩子出气，每天一小揍三天一大揍，直到上个月的一天半夜，抡了根烧火棍差点把宝柱的命要了。郭翠花更惨了。要说她妈还是正经娶来的，在这儿可是个稀罕事，男人也很荣光了。可好景不长，喜事刚办完，大家就发现她妈是个疯子，之所以迎亲时没看出来，大概是吃了什么药。本来嘛，好端端的女人哪会到这穷得鸟都不拉屎的地方来？但不管怎么说，翠花还是生下来了，并艰难地长大。但她那疯妈妈的病也越来越重，犯起病来，白天拿菜刀砍人，晚上放火烧房，更多的时间是阴森森地笑，那声音让人汗毛直竖……

剩下的都是外村的孩子了。他们的村子距这里最近的也有二十里山路，他们只能住校。在这所简陋的乡村小学里，一住就是一个学期。娃们来时，除了带自己的铺盖，每人还背了一袋米或面，十多个孩子在学校的那个大灶做饭吃。当冬夜降临时，娃们围在灶边，看着菜面糊糊在大铁锅中翻腾，灶膛里秸秆橘红色的火光映在他们脸上……这是他一生中看到过的最温暖的画面，他会把这画面带到另一个世界。

窗外的田垄上，在那圈娃们中间，亮起了几点红色的小火星。在这一片银灰色的月夜背景上，火星的红色格外醒目。这些娃在烧香，接着他们又烧起纸来，这使他又想起了那灶边的画面。他脑海中还出现了另一个类似的画面：当学校停电时（可能是因为线路坏了，但大多数时间是因为交不起电费），他给娃们上晚课，手里举着一根蜡烛照着黑板。“看得见不？”他问。“看不见！”娃们总是这样回答。那么一点点亮光，确实难看清，但娃们缺课多，晚课是必须上的。于是，他再点上一根蜡，手里两根蜡一齐举着。“还是看不见！”娃们喊。于是他再点上一根，虽然还是看不清，但娃们不喊了，他们知道再喊老师也不会加蜡了——蜡太多了也是点不起的。烛光中，他看到下面娃们的面容时隐时现，像一群用自己的全部生命拼命挣脱黑暗的小虫虫。

娃们和火光，娃们和火光，总是娃们和火光，总是夜色中的娃们和火光，这是这个世界深深刻在他脑海中的画面，但他始终不明其含义。

他知道娃们是在为他烧香和烧纸，他们以前多次这么干过，只是这次，他已没有力气斥责他们迷信了。他用尽了一生在娃们的心中燃起科学和文明的火苗，但他明白，同笼罩着这偏远山村的愚昧和迷信相比，那火苗是那么弱小，就像那深山冬夜中教室里的那根蜡烛。半年前，村里的一些人来到学校，要从本来已很破旧的校舍取下椽子木，说是修村头的老君庙用；问他们校舍没顶了，娃们以后住哪儿，他们说可以睡教室里嘛。他说那教室四面漏风，大冬天能住？他们说反正都是外村人。他拿起一根扁担和他们拼命，结果被人家打断了两根肋骨。好心人抬着他走了三十多里山路，送到了镇医院。

就是在那次检查伤势时，意外发现他患了食道癌。这并不稀奇，这一带是食道癌高发区。镇医院的医生恭喜他因祸得福，因为他的食道癌现处于早期，还未扩散，动手术就能治愈。食道癌是手术治愈率最高的癌症之一，他算捡了条命。

于是，他去了省城，去了肿瘤医院，在那里，他问医生动一次这样的手术要多少钱。医生说像他这样的情况可以住扶贫病房，其他费用也可适当减免，最后下来不会太多的，也就两万多元吧。想到他来自偏远山区，医生接着很详细地给他介绍住院手续怎么办。他默默地听着，突然问："要是不手术，我还有多长时间？"

医生呆呆地看了他好一阵儿，才说："半年吧。"他长出了一口气，好像得到了很大安慰。

至少能送走这届毕业班了。

他真的拿不出这两万多元。民办教师工资很低，干了这么多年，孤身一人无牵无挂，按说也能攒下一些钱了。只是他把钱都花在娃们身上了。他已记不清给多少学生代缴了学杂费，最近的就有刘宝柱和郭翠花。更多的时候，他看到娃们的饭锅里没有多少油星星，就用自己的工资买些肉和猪油回来……反正到现在，他全部的钱也只有手术所需费用的十分之一。

沿着省城那条宽长的大街，他向火车站走去。这时，天已黑了，城市的霓虹灯开始发出迷人的光芒，多彩而斑斓，让他迷惑。还有那些高楼，一入夜就变成了一盏盏高耸入云的巨大彩灯。音乐声在夜空中飘荡，疯狂的，轻柔的，走一段一个样。

就在这个不属于他的世界里，他慢慢地回忆起自己不算长的一生。他很坦然，各人有各人的命。早在二十年前初中毕业回到山村小学时，他就选定了自己的命。再说，他这条命很大一部分是另一位乡村教师给的。他就是在自己现在任教的这所小学度过童年的。他爹妈死得早，这所简陋的乡村小学就是他的家。他的小学老师把他当亲儿子待，日子虽然穷，但他的童年并不缺少爱。那年，放寒假了，老师要把他带回自己的家里过冬。老师的家很远，他们走了很长的积雪的山路，看到老师家所在的村子的一点灯光时，已是半夜了。他们身后不远处浮现出四点绿莹莹的亮光，那是两双狼眼。那时山里有很多狼，学校周围就能看到一堆堆狼屎。有一次他淘气，把那灰白色的东西点着扔进教室，浓浓的狼烟充满了教室，把娃们都呛得跑了出来，让老师很生气。现在，那两只狼向他们慢慢逼近，老师折下一根粗树枝，挥动着，拦住狼的来路，同时大声喊着让他向村里跑。他当时吓糊涂了，只顾跑，只想着那狼会不会绕过老师来追他，没想着会不会遇到其他的狼。他上气不接下气地跑进村子，同几个拿猎枪的汉子去接老师，却发现老师躺在一片已冻成糊状的血泊中，半条腿和整只胳膊都被狼咬掉了。老师在被送往镇医院的路上就咽了气。在火把的光芒中，他看到了老师的眼睛，老师的腮帮被深深地咬下一大块，已说不出话，但用目光把一种心急如焚的牵挂传给了他。他读懂了那牵挂，记住了那牵挂。

初中毕业后，他放弃了在镇政府里一个不错的工作机会，直接回到了这个举目无亲的山村，回到了老师牵挂的这所乡村小学。这时，学校因为没有教师已荒废好几年了。

前不久，教委出台新政策，取消了民办学校，其中的一部分经考试考核转为公办。当他拿到教师资格证时，知道自己已成为一名国家承认的小学教师了，很高兴，但也只是高兴而已，不像别的同事那么激动。他不在乎什么民办、公办，只在乎那一批又一批的娃，从他的学校读完了小学，走向生活。不管他们是走出山去还是留在山里，他们的生活同那些没上过一天学的娃总是有些不一样的。

他所在的山区，是这个国家最贫困的地区之一。但穷不是最可怕的，最可怕的是那里的人们对现状的麻木。记得，那是好多年前了，搞包产到户，村里开始分田，然后又分其他东西。对于村里唯一的一台拖拉机，油钱怎么出，出机时怎么分配，大伙总也谈不拢，最后唯一大家都能接受的办法是把拖拉机分了——真的分了，你家拿一个轮子，他家拿一根轴……再就是两个月前，有一家工厂来扶贫，给村里安了一台潜水泵，考虑到用电贵，人家还给带了一台小柴油机和足够的柴油。挺好的事儿，但人家前脚走，村里后脚就把机器都卖了，连泵带柴油机，只卖了一千五百块钱，全村吃了好几顿，算是过了个好年。一家皮革厂来买地建厂，村里什么都不清楚就把地卖了。那厂子建起后，硝皮子的毒水流进了河里，渗进了井里，人一喝了那些水浑身就起红疙瘩。就算这样也没人在乎，还沾沾自喜地说那地卖了个好价钱。村里那些娶不上老婆的光棍，每天除了赌就是喝，但不去种地。他们都能算清：县里每年总会有些救济，那钱算下来也比在那巴掌大的山地里刨一年土坷垃挣得多……没有文化，人们都变得下作了。穷山恶水固然让人灰心，但真正让人感到没指望的，是山里人那呆滞的目光。

他走累了，就在人行道边坐下来。他面前，是一家豪华的大餐馆，靠街的全是一整面透明玻璃，华丽的枝形吊灯把光芒投射到外面。整个餐馆像一个巨大的鱼缸，里面衣着华贵的客人则像一群多彩的观赏鱼。他看到在靠街的一张桌子旁坐着一个胖男人，头发和脸似乎都在冒油，看上去像用一大团表面涂了油的蜡做的。男人两旁各坐着一个身材高挑、穿着暴露的女郎，男人转头对一个女郎说了句什么，把她逗得哈哈大笑，男人跟着笑起来，另一个女郎则娇嗔地用两个小拳头捶那个男人……真没想到还有个子这么高的女孩子，秀秀的个儿，大概只到她们一半……他叹了口气。唉，又想起秀秀了。

秀秀是本村唯一没有嫁到山外的姑娘，也许是因为她从未出过山，怕外面的世界，也许是别的什么原因。他和秀秀好过两年多，最后那阵差点儿就成了。秀秀家里也通情达理，只要一千五百块的肚疼钱（生养费）。但后来，村子里出去打工的人赚了些钱回来，和他同岁的二蛋虽不识字但脑子活，去城里干起了挨家挨户清洗抽油烟机的活儿，一年下来竟赚了个万把块。前年回来待了一个月，秀秀不知怎的就跟这个二蛋好上了。秀秀一家全是睁眼瞎，家里粗糙的干打垒墙壁上，除了贴着一团一团用泥巴和起来的瓜种子，还画着长长短短的道道儿，那是她爹多少年来记的账。秀秀没上过学，但自小对识文断字的人有好感，这是她同他好的主要原因。但二蛋的一瓶廉价香水和一串镀金项链就把这种好感全打消了。“识文断字又不能当饭吃。”秀秀对他说。虽然他知道识文断字是能当饭吃的，但具体到他身上，吃得确实比二蛋差好远，所以他也说不出什么。秀秀看他那样儿，转身走了，只留下一股让他皱鼻子的香水味。

和二蛋成亲一年后，秀秀生娃死了。他还记得那个接生婆，把那些锈不拉叽的刀刀铲铲放到火上烧一烧就向里捅。秀秀可倒霉了，血流了一铜盆，在送镇医院的路上就咽气了。成亲办喜事的时候，二蛋花了三万块，那排场在村里真是风光死了，可他怎么就舍不得花点儿钱让秀秀到镇医院去生娃呢？后来他一打听，这花费一般也就二三百，就二三百呀！但村里历来都是这样，生娃是从不去医院的。所以没人怪二蛋，秀秀就这命。后来他听说，比起二蛋妈来，她还算幸运。二蛋妈生二蛋时难产，二蛋爹从产婆那儿得知是个男娃，就决定只要娃了，于是，把二蛋妈放到驴子背上，让那驴子一圈圈地走，硬是把二蛋挤了出来。听当时看见的人说，血在院子里流了一圈……

想到这里，他长出了一口气，笼罩着家乡的愚昧和绝望使他窒息。

但娃们还是有指望的。对那些在冬夜寒冷的教室中盯着烛光照着的黑板的娃来说，他也是蜡烛，不管能点多长时间，发出的光有多亮，他总算是从头点到尾了。

他站起身来继续走，没走多远就拐进了一家书店。城里就是好，还有夜里开门的书店。除了回程的路费，他把身上所有的钱都买了书，以充实他的乡村小学里那小小的图书室。半夜，提着两捆沉重的书，他踏上了回家的火车。

在距地球 5 万光年的远方，在银河系的中心，一场延续了 2 万年的星际战争已接近尾声。

那里的太空中渐渐出现了一个方形区域，仿佛灿烂群星的背景被剪出一个方口。这个区域的边长约 10 万千米，区域的内部是一种比周围太空更黑的黑暗，让人感到一种虚空中的虚空。从这黑色的正方形中，开始浮现出一些实体，它们形状各异，都有月球大小，呈耀眼的银色。这些物体越来越多，组成了一个整齐的立方体方阵。这银色的方阵庄严地驶出黑色正方形，构成了一幅挂在宇宙永恒墙壁上的镶嵌画。这幅画以绝对黑色的正方形天鹅绒为衬底，由纯净的耀眼的白银小构件镶嵌而成，仿佛是一首凝固的宇宙交响乐。渐渐地，黑色的正方形消融在星空中，群星填补了它的位置，银色的方阵庄严地悬浮在群星之间。

银河系碳基联邦的星际舰队，完成了本次巡航的第一次时空**跃迁**。

在舰队的旗舰上，碳基联邦的最高执政官看着眼前银色的金属大地，上面布满了错综复杂的纹路，像一块无限广阔的银色蚀刻电路板，不时有几个闪光的水滴状小艇出现在大地上，沿着纹路以令人目眩的速度行驶几秒，然后无声地消失在一口突然出现的深井中。时空跃迁带过来的太空尘埃被电离，成为一团团发着暗红色光的云，笼罩在银色大地的上空。

最高执政官以冷静著称，他周围那似乎永远波澜不惊的淡蓝色智能场就是他人格的象征。但现在，和周围的人一样，他的智能场也微微泛出黄光。

知识点拓展

跃迁：指量子力学体系状态发生跳跃式变化的过程。在科幻作品中，跃迁则是一种假想的星际旅行方式。通常被描述成通过“虫洞”等通道，让宇宙飞船的航行轨迹短于两点间的最短距离。

“终于结束了。”最高执政官的智能场振动了一下，把这个信息传送给站在他两旁的参议员和舰队统帅。

“是啊，结束了。战争的历程太长太长，以至于我们都忘记了它的开始。”参议员回答。

这时，舰队开始了**亚光速**巡航，它们的亚光速发动机同时启动，旗舰周围突然出现了几千个蓝色的太阳，银色的金属大地像一面无限广阔的镜子，把蓝太阳的数量又复制了一倍。

远古的记忆似乎被点燃了。其实，谁能忘记战争的开始呢？这记忆虽然传承了几百代，但在碳基联邦的万亿公民的脑海中，它仍那么鲜活，那么铭心刻骨。

2 万年前的那一时刻，硅基帝国从银河系外围对碳基联邦发动全面进攻。在长达 1 万光年的战线上，硅基帝国的 500 多万艘星际战舰同时开始恒星蛙跳。每艘战舰首先都会借助一颗恒星的能量打开一个时空**虫洞**，然后从这个虫洞跃迁至另一个恒星，再用这颗恒星的能量打开第二个虫洞继

知识点拓展

亚光速：即接近于光速的速度，当物体的速度大于 90% 光速但小于光速时，称其速度处于亚光速状态。

也就是说亚光速小于光速 299 792 458 米 / 秒，大于 270 000 000 米 / 秒。

虫洞：也称爱因斯坦 – 罗森桥，是宇宙中可能存在的连接两个不同时空的狭窄隧道。20 世纪 30 年代由爱因斯坦及纳森 · 罗森在研究引力场方程时提出假设，认为透过虫洞可以做瞬时空间转移或者时间旅行。

续跃迁……由于打开虫洞消耗了恒星大量的能量，恒星的光谱会暂时红移。当飞船完成跃迁后，恒星的光谱会渐渐恢复原状。当几百万艘战舰同时进行恒星蛙跳时，所产生的这种效应是十分恐怖的——银河系的边缘出现一条长达 1 万光年的红色光带，向银河系的中心移来。这个景象在光速视界是看不到的，但在超空间监视器上却能显示出来。那条由变色恒星组成的红带，如同一道 1 万光年长的血潮，向碳基联邦的疆域涌来。

碳基联邦最先接触硅基帝国攻击前锋的是绿洋星。这颗美丽的行星围绕着一对双星恒星运行，它的表面全部被海洋覆盖。那生机盎然的海洋中漂浮着由柔软的长藤植物构成的森林。温和美丽、身体晶莹透明的绿洋星人在这海中的绿色森林间轻盈地游动，创造了绿洋星伊甸园般的文明。突然，几万道刺目的光束从天而降，硅基帝国舰队开始用激光蒸发绿洋星的海洋。在很短的时间内，绿洋星变成了一口沸腾的大锅。这颗行星上包括 50 亿绿洋星人在内的所有生物都在沸水中极度痛苦地死去，它们被煮熟的有机质使整个海洋变成了绿色的浓汤。最后，海洋全部蒸发了，昔日美丽的绿洋星变成了一个由厚厚蒸汽包裹着的地狱般的灰色行星。

这是一场几乎波及整个银河系的星际大战，是银河系中碳基和硅基文明之间惨烈的生存竞争，但双方谁都没有料到战争会持续 2 万银河年！

现在，除了历史学家，谁也记不清有百万艘以上战舰参加的大战役发生过多少次了。规模最大的一次超级战役是第二旋臂战役。战役在**银河系第二旋臂**中部进行，双方投入了上千万艘星际战舰。据历史记载，在那广漠的战场上，被引爆的**超新星**就达 2 000 多颗。那些超新星像第二旋臂中部黑暗太空中怒放的烟火，使那里变成超强辐射的海洋，只有一群群幽灵似的黑洞漂行其间。战役的最后，双方的星际舰队几乎同归于尽。

15 000年过去了，第二旋臂战役现在听起来就像上古时代缥缈的神话，只有那仍然存在的古战场证明它确实发生过。但很少有飞船真正进入过古战场，那里是银河系中最恐怖的区域。这并不仅仅是因为辐射和黑洞。当时，双方数量多得难以想象的战舰为了进行战术机动，进行了大量的超短距离时空跃迁。据说，一些星际歼击机在空间格斗时，时空跃迁的距离竟短到令人难以置信的几千米！这样就把古战场的时空结构搞得千疮百孔，像一块内部被老鼠钻了无数长洞的大乳酪。

飞船一旦误人这个区域，就可能在瞬间被畸变的空间扭成一根细长的金属绳，或压成一张面积有几亿平方千米，但厚度只有几个原子的薄膜，立刻便会被辐射狂风撕得粉碎。但更为常见的是飞船变为建造它们时的一块块钢板，或者旧得只剩下一个破外壳，内部的一切都变成古老灰尘。人在这里也可能瞬间回到胚胎状态或变成一堆白骨……

知识点拓展

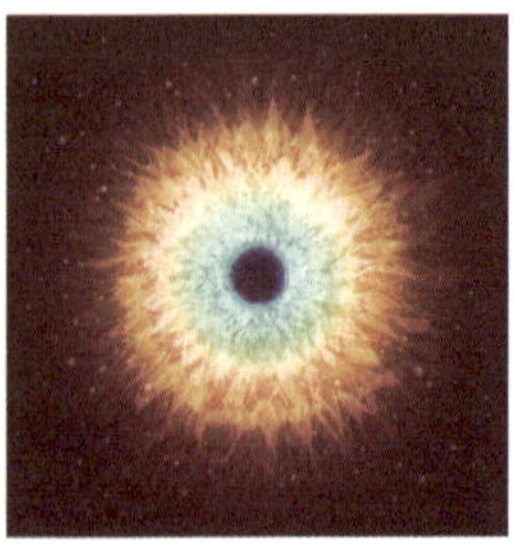

银河系第二旋臂：银河系是棒旋星系，有多条旋臂。旋臂则由星际物质构成，包括三个主要的组成部分：包含旋臂的银盘，中央突起的银心和晕轮部分。

超新星：是恒星演化过程中的一个阶段。是某些恒星在演化接近末期时经历的一种剧烈爆炸。这种爆炸度极其明亮，过程中突发的电磁辐射甚至能够照亮其所在的整个星系，并可持续几周至几个月（一般最多是两个月）才会逐渐衰减变为不可见。

但最后的决战不是神话，它就发生在一年前。在银河系第一和第二旋臂之间的荒凉太空中，硅基帝国集结了最后的力量。这支由150万艘星际战舰组成的舰队在自己周围构筑了半径一千光年的反物质云屏障。碳基联邦投入攻击的第一个战舰群刚完成时空跃迁就陷入了反物质云中。反物质云十分稀薄，但对战舰具有极大的杀伤力。碳基联邦的战舰立刻变成一个个刺目的火球，但它们仍奋勇冲向目标。每艘战舰都拖着长长的火尾，在后面留下一条发着荧光的航迹，这由30多万个火流星组成的阵列瞬间幻化成了碳硅战争中最为壮观、最为惨烈的画面。在反物质云中，这些火流星渐渐缩小，最后在距硅基帝国战舰阵列很近的地方消失了，但它们用自己的牺牲为后续的攻击舰队在反物质云中打开了一条通道。在这场战役中，硅基帝国最后的舰队被赶到银河系最荒凉的区域——第一旋臂的顶端。

现在，这支碳基联邦舰队将完成碳硅战争中的最后一项使命——在第一旋臂的中部建立一条500光年宽的隔离带。隔离带中的大部分恒星将被摧毁，以制止硅基帝国的恒星蛙跳。恒星蛙跳是银河系中大吨位战舰进行远距离快速攻击的唯一途径，而一次蛙跳的最大距离是200光年。隔离带一旦建立，硅基帝国的重型战舰要想进入银河系中心区域，就只能以亚光速跨越这500光年的距离。这样，硅基帝国实际上就被禁锢在第一旋臂顶端，再也无法对银河系中心区域的碳基文明构成任何严重威胁。

“我带来了联邦议会的建议，”参议员用振动的智能场对最高执政官说，“他们仍然强烈建议：在摧毁隔离带中的恒星前，对它们进行生命级别的保护甄别。”

“我理解议会。”最高执政官说，“在这场漫长的战争中，各种生命流出的血足够形成上千颗行星的海洋了。战后，银河系中最迫切需要重建的是对生命的尊重。这种尊重不仅是对碳基生命的，也是对硅基生命的。正是基于这种尊重，碳基联邦才没有彻底消灭硅基文明。但硅基帝国并没有这种对生命的感情。如果说碳硅战争之前，战争和征服对于它们还仅仅是一种本能和乐趣的话，那么现在这种东西已根植于它们的每个基因和每行代码之中，成为它们生存的终极目的。由于硅基生物对信息的存贮和处理能力远远高于我们，可以预测硅基帝国在第一旋臂顶端的恢复和发展将是神速的，所以我们必须在碳基联邦和硅基帝国之间建成足够宽的隔离带。在这种情况下，对隔离带中数以亿计的恒星进行生命级别的保护甄别是不现实的。第一旋臂虽属银河系中最荒凉的区域，但其拥有生命行星的恒星仍可能达到支持蛙跳的密度，这种密度足以支持中型战舰进行蛙跳，而即使只有一艘硅基帝国的中型战舰闯入碳基联邦的疆域，其可能造成的破坏也是巨大的。所以在隔离带中只能进行文明级别的甄别。我们不得不牺牲隔离带中某些恒星周围的低级生命——这是为了拯救银河系中更多的高级和低级生命。这一点我已向议会说明。”

参议员说：“议会也理解您和联邦防御委员会，所以我带来的只是建议而不是法案。但隔离带中周围已形成 3C 级以上文明的恒星必须被保护。”

“这一点毋庸置疑。”最高执政官的智能场闪现出坚定的红色，“对隔离带中拥有行星的恒星文明检测将是十分严格的！”

舰队统帅的智能场第一次发出信息：“其实我觉得你们多虑了。第一旋臂是银河系中最荒凉的荒漠，那里不会有 3C 级以上文明。”

“但愿如此。”最高执政官和参议员同时发出了这条信息，他们智能场的共振使一道弧形的等离子体波纹向银色金属大地的上空扩散开去。

舰队开始了第二次时空跃迁，以近乎无限的速度奔向银河系第一旋臂。

夜深了，烛光中，全班的娃们围在老师的病床前。

“老师歇着吧，明儿个讲也行的。”一个男娃说。

他艰难地苦笑了一下，“明儿个有明儿个的课。”

他想，如果真能拖到明天当然好，那就再讲一堂课。但直觉告诉他怕是不行了。

他做了个手势，一个娃把一块小黑板放到他胸前的被单上。最后一个月，他就是这样把课讲下来的。他用软弱无力的手接过娃递过来的半截粉笔，吃力地把粉笔头放到黑板上，这时又一阵剧痛袭来，手颤抖了几下，粉笔嗒嗒地在黑板上敲出了几个白点儿。从省城回来后，他再也没去过医院。两个月后，他的肝部疼了起来，他知道癌细胞已转移到那儿了。这种疼痛越来越厉害，最后变成了压倒一切的痛苦。他一只手在枕头下摸索着，找出了一些止痛片，是最常见的用塑料长条包装的那种。对于癌症晚期的剧痛，这药已经没有任何作用。可能是出于精神暗示，他吃了后总觉得好一些。**杜冷丁**倒是也不算贵，但医院不让带出来用，就是带回来也没人给

知识点拓展

杜冷丁：即盐酸哌替啶，是一种临床应用的合成镇痛药，其作用和机理与吗啡相似，但镇静、麻醉作用较小。

他注射。他像往常一样从塑料条上取下两片药来，但想了想，便把所有剩下的十二片全剥出来，一把吞了下去——他知道以后再也用不着吃药了。他又挣扎着想向黑板上写字，但头突然偏向一边，一个娃赶紧把盆接到他嘴边，他吐出了一口黑红的血，然后虚弱地靠在枕头上喘息着。

娃们中传出了低低的抽泣声。

他放弃了在黑板上写字的努力，无力地挥了一下手，让一个娃把黑板拿走。他开始说话，声音细若游丝。

“今天的课同前两天一样，也是初中的课。这本来不是教学大纲上要求的，但我想你们中的大部分人，这一辈子可能永远也听不到初中的课了，所以我最后讲一讲，也让你们知道稍深一些的学问是什么样子。昨天讲了鲁迅的《狂人日记》，你们肯定不大懂，不管懂不懂都要多看几遍，最好能背下来，等长大了，总会懂的。鲁迅是个很了不起的人，他的书每一个中国人都应该读读的，你们将来也一定找来读读。”

他累了，停下来喘息着歇歇，看着跳动的烛光，鲁迅写下的几段文字在他的脑海中浮现出来。那不是《狂人日记》中的，课本上没有，他是从自己那套本数不全、已经翻烂的《鲁迅全集》上读到的。许多年前读第一遍时，那些文字就深深地刻在了他的脑子里：

假如一间铁屋子，是绝无窗户而万难破毁的，里面有许多熟睡的人们，不久都要闷死了，然而是从昏睡入死灭，并不感到就死的悲哀。现在你大嚷起来，惊起了较为清醒的几个人，使这不幸的少数者来受无可挽救的临终的苦楚，你倒以为对得起他们么？

然而几个人既然起来，你不能说绝没有毁坏这铁屋的希望。

他用尽最后的力气，接着讲下去。

“今天我们讲初中物理。物理你们以前可能没有听说过，它讲的是物质世界的道理，是一门很深很深的学问。

“这课讲牛顿三定律。牛顿是英国从前的一个大科学家，他说了三句话，这三句话很神的，把人间天上所有东西的规律都包含进去了，上到太阳、月亮，下到流水、刮风，都跑不出这三句话画定的圈圈。用这三句话，可以算出什么时候日食，就是村里老人说的天狗吃太阳，一分一秒都不差的。人飞上月球，也要靠这三句话。这就是牛顿三定律。

“下面讲第一定律：当一个物体没有受到外力作用时，它将保持静止或匀速直线运动不变。”

娃们在烛光中默默地看着他，没有反应。

“就是说，你猛推一下谷场上那个石碾子，它就一直滚下去，滚到天边也不停下来。宝柱你笑什么？是啊，它当然不会那样，这是因为有摩擦力，摩擦力让它停下来。这世界上，没有摩擦力的环境可是没有的……”

是啊，他人生的摩擦力就太大了。在村里他是外姓人，本来就没什么分量，加上他这个倔脾气，这些年来把全村人都得罪了。他挨家挨户地拉人家的娃入学，跑到县里，把跟着爹做买卖的娃拉回来上学，拍着胸脯保证垫学费……这一切并没有赢得多少感激。关键在于，他对过日子的看法同周围的人太不一样，成天想的说的，都是些不着边际的事，这是最让人讨厌的。在查出病来之前，他曾跑到县里，居然从教育局要回一笔维修学校的款子，村子里只拿走了一小部分，想过节请个戏班子唱两天戏，结果让他搅了，愣从县里拉了个副县长来，让村里把钱拿了回来，可当时戏台子都搭好了。学校倒是修了，但他扫了全村人的兴，以后的日子更难过。先是村里的电工，村长的侄子，把学校的电掐了，接着做饭取暖用的秸秆，村里也不给了，害得他扔下自己的地不种，一人上山打柴，更别提后来拆校舍的房椽子那事了……这些摩擦力无所不在，让他心力交瘁，让他无法做匀速直线运动，他不得不停下来了。

也许，他就要去的那个世界是没有摩擦力的，那里的一切都是光滑可爱的，但那有什么意义？在那边，他的心仍留在这个充满灰尘和摩擦力的世界，留在这所他倾注了全部生命的乡村小学里。他不在了以后，剩下的两个教师也会离去，这所他用力推了一辈子的小学校就会像谷场上那个石碾子一样停下来。他陷入深深的悲哀，但不论在这个世界或是那个世界，他都无力回天。

“牛顿第二定律比较难懂，我们最后讲。下面先讲牛顿第三定律：当一个物体对第二个物体施加一个力，第二个物体也会对第一个物体施加一个力，这两个力大小相等，方向相反。”

娃们又陷入了长时间的沉默。

“听懂了没？谁说说？”

班上学习最好的赵拉宝说：“我知道是啥意思，可总觉得说不通。晌午，我和李权贵打架，他把我的脸打得那么痛，肿起来了，所以作用力应该不相等的才对，我受的肯定比他大嘛！”

喘息了好一会儿，他才解释说：“你痛是因为你的腮帮子比权贵的拳头软，它们相互的作用力还是相等的……”

他想用手比画一下，但手已抬不起来了。他感到四肢像铁块一样沉，这沉重感很快扩展到全身，他感到自己的躯体像要压塌床板，陷入地下似的。

时间不多了。

“目标编号：1033715。绝对目视星等：3.5。演化阶段：主星序偏上。发现 2 颗行星，平均轨道半径分别为 1.3 和 4.7 个距离单位，在一号行星上发现生命。这是红 69012 舰的报告。”

碳基联邦星际舰队的 10 万艘战舰目前已散布在一条长 1 万光年的带状区域中，这就是正在建立的隔离带。工程刚刚开始，只是试验性地摧毁了 5 000 颗恒星，其中拥有行星的只有 137 颗，而行星上有生命的这是第一颗。

“第一旋臂真是个荒凉的地方啊！”最高执政官感叹道。他的智能场振动了一下，用全息图隐去了脚下的旗舰和上方的星空，使他、舰队统帅和参议员悬浮于无际的黑色虚空中。接着，他调出了探测器发回的图像——虚空中出现了一个发着蓝光的火球，最高执政官的智能场出现一个白色的方框，那方框调整大小，圈住了这颗恒星并把它的图像隐去了，他们于是又陷入无边的黑暗之中。但这黑暗中有一个小小的黄色光点，图像的焦距开始大幅度调整，行星的图像以令人目眩的速度推向前来，很快占满了半个虚空，三个人都沉浸在它反射的橙黄色光芒中。

这是一颗被浓密大气包裹着的行星。在它那橙黄色的气体海洋上，汹涌的大气运动描绘出极端复杂的不断变幻的线条。行星图像继续移向前来，直到占据了整个虚空，三个人被橙黄色的气体海洋吞没了。探测器带着他们在浓雾中穿行，很快，雾气稀薄了一些，他们看到了这颗行星上的生命。

那是一群在浓密大气上层飘浮的气球状生物，表面有美丽的花纹，不停变幻着色彩和形状，时而呈条纹状，时而呈斑点状，不知这是不是一种可视语言。每个气球都有一条长尾，那长尾的尾端不时炫目地闪烁一下，光沿着长尾传到气球上，化为一片弥漫的荧光。

“开始四维扫描！”红 69012 舰上的一名上尉值勤军官说。

一束极细的波束开始从上至下飞快地扫描那群气球。这束波只有几个原子粗细，但其波管内的空间维度比外部宇宙多一维。扫描数据传回舰上，在主计算机的内存中，那群气球被切成了几亿亿个薄片，每个薄片只有一个原子的厚度。在薄片上，每个**夸克**的状态都被精确地记录下来。

“开始数据镜像组合！”

知识点拓展

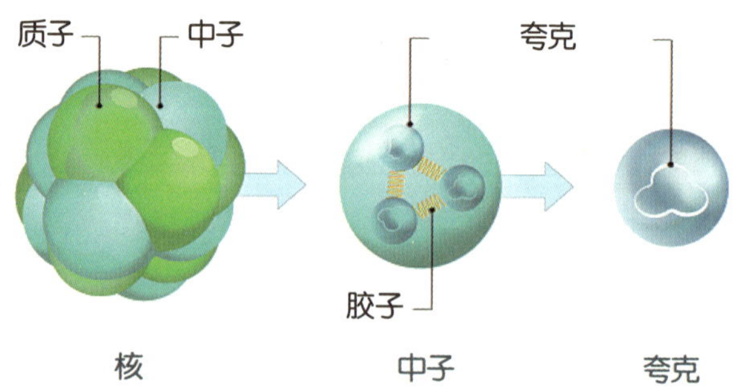

夸克：一种结构上无法再往下细分的基本粒子。

在主计算机的内存中，那几亿亿个薄片按原有顺序叠加起来，很快组合成一群虚拟气球。在计算机内部广漠的数字宇宙中，这个行星上的那群生物体有了精确的复制品。

“开始 3C 级文明测试！”

在数字宇宙中，计算机敏锐地定位了气球的思维器官，它是悬在气球内部错综复杂的神经丛中间的一个椭圆体。计算机在瞬间分析了这个椭圆体的结构，并越过所有低级感官，直接同它建立了高速信息接口。

文明测试是从一个庞大的数据库中任意地选取试题，测试对象如果能答对其中 3 道，则测试通过。如果头 3 道题没有答对，测试者有两种选择：可以认为测试对象没有通过；继续测试，题数不限，直到测试对象答对的题数达到 3 道，这时可认为其通过测试。

“3C 文明测试试题 1 号：请叙述你们已探知的组成物质的最小单元。”

“嘀嘀，嘟嘟嘟，嘀嘀嘀嘀。”气球回答。

“1 号试题测试未通过。3C 文明测试试题 2 号：你们观察到物体中热能的流向有什么特点？这种流向是否可逆？”

“嘟嘟嘟，嘀嘀，嘀嘀嘟嘟。”气球回答。

“2 号试题测试未通过。3C 文明测试试题 3 号：圆的周长和它的直径之比是多少？”

“嘀嘀嘀嘀嘟嘟嘟嘟嘟。”气球回答。

“3 号试题测试未通过。3C 文明测试试题 4 号……”

“到此为止吧，”当测试题数达到 10 道时，最高执政官说，“我们时间不多。”他转身对旁边的舰队统帅示意了一下。

“发射奇点炸弹！”舰队统帅命令。

奇点炸弹实际上是没有大小的，它是一个严格意义上的几何点，一个原子同它相比都是无穷大，虽然最大的奇点炸弹质量有上百亿吨，最小的也有几千万吨。当一颗奇点炸弹沿着长长的导轨从红 69012 舰的武器舱中滑出时，可以看到一个直径达几百米的发着幽幽荧光的球体，这荧光是周围的太空尘埃被吸入这个微型黑洞时产生的辐射。同恒星引力坍缩形成的黑洞不同，这些小黑洞在宇宙之初就形成了，它们是大爆炸前的奇点宇宙的微缩模型。碳基联邦和硅基帝国都有庞大的船队，游弋在银河系银道面外的黑暗荒漠搜集微型黑洞。有的海洋行星上的种群把这些船队戏称为“远洋捕鱼船队”，而这些船队带回的东西，是银河系中最具威力的武器之一，是迄今为止唯一能够摧毁恒星的武器。

奇点炸弹脱离导轨后，沿一条由母舰发出的力场束加速，直奔目标恒星。过了不长的一段时间，这颗灰尘似的黑洞高速射入了恒星表面火的海洋。想象在太平洋的中部突然出现一个半径 100 千米的深井，就可以大概把握这时的情形。巨量的恒星物质开始被吸入黑洞，汹涌的物质洪流从所有方向会聚到一点并消失在那里。物质被吸入时产生的辐射在恒星表面产生了一团刺目的光球，仿佛给恒星戴上了一枚光彩夺目的钻石戒指。随着黑洞向恒星内部沉落，光团暗淡下来，可以看到它处于一个直径达几百万千米的大旋涡正中。那巨大的旋涡散射着光团的强光，缓缓转动着，呈现出飞速变幻的色彩，使恒星从这个方向看去仿佛是一张狰狞的巨脸。很快，光团消失了，旋涡也渐渐消失，恒星表面似乎又恢复了它原来的色彩和光度。但这只是毁灭前最后的平静。随着黑洞向恒星中心下沉，这个

贪婪的饕餮者更疯狂地吞噬周围密度急剧增高的物质，在一秒内吸入的恒星物质总量可能相当于上百个中等行星。黑洞巨量吸入物质时产生的超强辐射向恒星表面蔓延，由于恒星物质的阻滞，只有一小部分到达了表面，其余辐射的能量留在了恒星内部，快速破坏着恒星的每一个细胞，从整体上把它飞快地拉离平衡态。从外部看，恒星的色彩在缓缓变化，从浅红色变为明黄色，从明黄色变为鲜艳的绿色，从绿色变为如洗的碧蓝，从碧蓝变为恐怖的紫色。这时，在恒星中心的黑洞产生的辐射能已远远大于恒星本身辐射的能量。随着更多的能量以非可见光的形式溢出恒星，紫色渐渐加深。这颗恒星看上去像太空中一个在忍受超级痛苦的灵魂。痛苦急剧增加，紫色已深到极限，这颗恒星用不到一个小时的时间走完了它未来几十亿年的旅程。

一团似乎吞没整个宇宙的强光闪起，然后慢慢消失。在原来恒星所在的位置上，可以看到一个急剧膨胀的薄球层，像一个被吹大的气球，这是被炸飞的恒星表面。随着薄球层体积的增大，它变得透明了，可以看到它内部的第二个膨胀的薄球层，然后又可以看到更深处的第三个薄球层……这个爆炸中的恒星，就像宇宙中突然显现的一个套一个的玲珑剔透的镂花玻璃球，其中最深处的薄球层的体积也是恒星原来体积的几十万倍。当爆炸恒星的第一层膨胀外壳穿过那个橙黄色行星时，它立刻被汽化了。其实，在恒星爆炸的壮丽场景中根本就看不到它。同那膨胀的恒星外壳相比，它只是一粒微不足道的灰尘，其大小甚至不能成为那几层镂花玻璃球上的一个小点。

“你们感到消沉？”舰队统帅问。他看到最高执政官和参议员的智能场暗了下来。

“又一个生命世界毁灭了，像烈日下的露珠。”

“那您就想想伟大的第二旋臂战役，当 2 000 多颗超新星被引爆时，有 12 万个这样的世界同碳硅双方的舰队一起化为蒸汽。阁下，时至今日，我们应该摆脱这种无谓的多愁善感了。”

参议员没有理会舰队统帅的话，径直对最高执政官说：“这种对行星表面取随机点的检测方式是不可靠的，可能漏掉行星表面的文明特征。我们应该进行面积检测。”

最高执政官说：“这一点我也同议会讨论过。在隔离带中我们要摧毁的恒星有上亿颗，其中估计有 1 000 万个行星系，行星数量可能达 5 000 万颗。我们时间紧迫，对每颗行星都进行面积检测是不现实的。我们只能尽量加宽检测波束，以增大随机点覆盖的面积。除此之外，只能祈祷隔离带中那些可能存在的文明在其星球表面的分布尽量均匀了。”

“下面我们讲牛顿第二定律……”

他心急如焚，极力想在有限的时间里给娃们多讲一些。

“一个物体的加速度，与它所受的力成正比，与它的质量成反比。首先，加速度，这是速度随时间的变化率，它与速度是不同的，速度大加速度不一定大，加速度大速度也不一定大。比如：一个物体现在的速度是 110 米每秒，2 秒后的速度是 120 米每秒，那么它的加速度就是 120 减 110 除 2，5 米每秒——呵，不对，5 米每秒的平方。另一个物体现在的速度是 10 米每秒，2 秒后的速度是 30 米每秒，那么它的加速度就是 30 减 10 除 2，10

米每秒的平方。看，后面这个物体虽然速度小，但加速度大！呵，刚才说到平方，平方就是一个数自个儿乘自个……”

他惊奇于自己的头脑如此清晰，思维如此敏捷。他知道，自己生命的蜡烛已燃到根上，棉芯倒下了，把最后的一小块蜡全部引燃了，一团比以前的烛苗亮十倍的火焰熊熊燃烧起来。剧痛消失了，身体也不再沉重。其实，他已感觉不到身体的存在，他的全部生命似乎只剩下那个在疯狂运行的大脑。那个悬在空中的大脑竭尽全力，尽量多尽量快地把自己存贮的信息输出给周围的娃们，但靠说话来传输知识是来不及了。他产生了一个幻象：一把水晶样的斧子把自己的大脑无声地劈开，他一生中积累的那些知识——虽不是很多但他很看重的——像一把发光的小珠子毫无保留地落在地上，发出一阵悦耳的叮当声，娃们像见到过年的糖果一样抢那些小珠子……这幻象让他有一种幸福的感觉。

“你们听懂了没？”他焦急地问。他已经看不到周围的娃们，但还能听到他们的声音。

“我们懂了！老师快歇着吧！”

他感觉到那团最后的火焰在一点点地减弱，“我知道你们不懂，但你们把它背下来，以后慢慢会懂的。一个物体的加速度，与它所受的力成正比，与它的质量成反比。”

“老师，我们真懂了，求求你快歇着吧！”

他用尽最后的力气喊道：“背呀！”

娃们抽泣着背了起来：“一个物体的加速度，与它所受的力成正比，与它的质量成反比。一个物体的加速度，与它所受的力成正比，与它的质量成反比……”

这几百年前就在欧洲化为尘土的卓越头脑所产生的思想，以浓重西北方言的童音在20世纪中国最偏僻的山村中回荡，就在这声音中，那烛火灭了。

娃们围着老师已没有生命的躯体大哭起来。

“目标编号：500921473。绝对目视星等：4.71。演化阶段：主星序正中，带有八大行星。这是蓝84210号舰的报告。”

“一个精致完美的行星系。”舰队统帅赞叹道。

最高执政官很有同感，“是的，它的固态小体积行星和气液态大体积行星的配置很有韵律感。小行星带的位置恰到好处，像一条美妙的装饰链。还有最外侧那颗小小的甲烷冰行星，似乎是这首音乐最后一个余音未尽的音符，暗示着某种新周期的开始。”

“这是蓝84210号舰，将对最内侧1号行星进行生命检测，检测波束发射。该行星没有大气，自转缓慢，温差悬殊。1号随机点检测，白色结果；2号随机点检测，白色结果……10号随机点检测，白色结果。蓝84210号舰报告，该行星没有生命。”

舰队统帅不以为意地说：“这颗行星的表面温度可以当冶炼炉了，没必要浪费时间。”

“开始2号行星生命检测，波束发射。该行星有稠密大气，表面温度较高且均匀，大部为酸性云层覆盖。1号随机点检测，白色结果；2号随机点检测，白色结果……10号随机点检测，白色结果。蓝84210号舰报告，该行星没有生命。"

通过四维通信，最高执政官对一千光年之外蓝 84210 号舰上的值勤军官说："直觉告诉我，3 号行星有生命的可能性很大，在它上面检测 30 个随机点。"

"阁下，我们时间很紧了。"舰队统帅说。

"照我说的做。"最高执政官坚定地说。

"是，阁下。开始 3 号行星生命检测，波束发射。该行星有中等密度的大气，表面大部为海洋覆盖……"

来自太空的生命检测波束落到了亚洲大陆靠南一些的一点上，在地面上形成了一个直径约 5 000 米的圆形。如果是在白天，肉眼有可能觉察到波束的存在，因为当波束到达时，在它的覆盖范围内，一切无生命的物体都将变成透明状态。现在它覆盖的中国西北的这片山区将如同水晶的山脉——阳光在这些山脉中折射，将是一幅十分奇异壮观的景象——大地也会变成深不可测的深渊。而被波束判断为有生命的物体则保持原状态不变，人、树木和草在这水晶世界中显得格外清晰醒目。但这效应只持续半秒，检测波束完成初始化后，一切就会恢复原状，旁观者肯定会认为自己产生了一瞬间的幻觉。但现在，这里正是深夜，自然难以觉察到什么了。

这所山村小学，正好位于检测波束圆形覆盖区的圆心上。

"1 号随机点检测，结果……绿色结果，绿色结果！蓝 84210 号舰报告，目标编号：500921473，第 3 号行星发现生命！"

检测波束对覆盖范围内的众多种类生命体进行分类。在以生命结构的复杂度和初步估计的智能等级进行排序的数据库中，一个方形掩蔽物下的一簇生命体排在首位。于是，波束迅速收缩，汇聚到那个掩蔽物上。

最高执政官的智能场接收到从蓝 84210 号舰上发回的图像，并把它放大到整个太空背景上。图像处理系统已经隐去了掩蔽物，但那簇生命体的图像仍不清晰。它们的外形太不醒目了，几乎同周围行星表面的以硅元素为主的黄色土壤融为一体。计算机只好把图像中所有的无生命部分，包括这些生命体中间的那具体形较大的已没有生命的躯体，全部隐去，这样那一簇生命体就仿佛悬浮在虚空之中。尽管如此，它们看上去仍是那么平淡、缺乏色彩，像一簇黄色的植物，一看就知道是那种在它们身上不会发生任何奇迹的生物。

一束纤细的四维波束从蓝 84210 号舰发射。这艘有一个月球大小的星际战舰正停泊在木星轨道之外，使太阳系暂时多了一颗行星。那束四维波束在三维太空中以接近无限的速度到达地球，穿过那所乡村小学校舍的屋顶，以基本粒子的精度对这 18 个孩子进行扫描。数据的洪流以人类难以想象的速率传回太空。很快，在蓝 84210 号舰主计算机的广阔内存中，孩子们的数字复制体形成了。

18 个孩子悬浮在一个无际的空间里，那空间呈现出一种无法形容的色彩——实际上那不是色彩，虚无是没有色彩的，虚无是透明中的透明。孩子们都不由得想拉住旁边的伙伴，但手却从伙伴身体里毫无阻力地穿过去了。孩子们感到了难以形容的恐惧。计算机觉察到了这一点，认为这些生命体需要一些熟悉的东西，于是为它们模拟出了这个行星天空的颜色。孩子们立刻看到了蓝天，没有太阳，没有云，更没有浮尘，只有蓝色，那么纯净，那么深邃。孩子们的脚下没有大地，也是与头顶一样的蓝天。他们似乎置身于一个无垠的蓝色宇宙中，而他们是这宇宙中唯一的实体。计算机感觉到，这些数字生命体仍然处于惊恐中。它用了亿分之一秒想了想，终于明白了：银河系中大多数生命体并不惧怕悬浮于虚空之中，但这些生命体不同，它们是大地上的生物。于是，它给了孩子们一个大地，并给了它们重力感。孩子们惊奇地看着脚下突然出现的大地，它是纯白色的，上面有黑线画出的整齐方格。他们仿佛站在一个无限广阔的语文作业本上。他们中有人蹲下来摸摸地面，这是他们见过的最光滑的东西。他们迈开双脚走，但原地不动——这地面是绝对光滑的，摩擦力为零。他们很惊奇自己为什么不会滑倒。这时，有个孩子脱下自己的一只鞋子，沿着地面扔了出去。那鞋子以匀速直线运行向前滑去，孩子们呆呆地看着它以恒定的速度渐渐远去。

他们看到了牛顿第一定律。

有一个声音，空灵而悠扬，在这数字宇宙中回荡。

“开始 3C 级文明测试，3C 文明测试试题 1 号：请叙述你所在星球生物进化的基本原理，是自然淘汰型还是基因突变型？”

孩子茫然地沉默着。

“3C 文明测试试题 2 号：请简要说明恒星能量的来源。”

孩子茫然地沉默着。

…………

“3C 文明测试试题 10 号：请说明构成你们星球上液体海洋的分子构成。”

孩子仍然茫然地沉默着。

那只鞋在遥远的地平线处变成一个小黑点消失了。

“到此为止吧！”在 1 000 光年之外，舰队统帅对最高执政官说，“不能再耽误时间了，否则我们肯定不能按时完成第一阶段的任务。”

最高执政官的智能场发出了微弱的表示同意的振动。

“发射奇点炸弹！”

载有命令信息的波束越过四维空间，瞬间到达了停泊在太阳系中的蓝 84210 号舰。那个发着幽幽荧光的雾球滑出了战舰前方长长的导轨，沿着看不见的力场束急剧加速，向太阳扑去。

最高执政官、参议员和舰队统帅把注意力转向了隔离带的其他区域，那里又发现了几个有生命的行星系，但其中最高级的生命是一种生活在泥浆中的无脑蠕虫。接连爆炸的恒星像宇宙中怒放的焰火，使他们想起了史诗般的第二旋臂战役。

不知过了多长时间，最高执政官智能场的一小部分下意识地游移到太阳系，他听到了蓝 84210 号舰舰长的声音：“准备脱离爆炸威力圈，时空跃迁准备，30 秒倒数！”

“等一下，奇点炸弹到达目标还需多长时间？”最高执政官说，舰队统帅和参议员的注意力也被吸引过来。

“它正越过内侧 1 号行星的轨道，大约还有 10 分钟。”

“用 5 分钟时间，再进行一些测试吧！”

“是，阁下。”

接着，他们听到了蓝 84210 号舰值勤军官的声音：“3C 文明测试试题

11 号：一个三维平面上的直角三角形，它的三条边的关系是什么？”

沉默。

“3C 文明测试试题 12 号：你们的星球是你们行星系的第几颗行星？”

沉默。

“这没有意义，阁下。”舰队统帅说。

“3C 文明测试试题 13 号：当一个物体没有受到外力作用时，它的运行状态如何？”

数字宇宙广漠的蓝色空间中突然响起了孩子们清脆的声音：“当一个物体没有受到外力作用时，它将保持静止或匀速直线运动不变。”

“3C 文明测试试题 13 号通过！ 3C 文明测试试题 14 号……”

“等等！”参议员打断了值勤军官，“下一道试题也出关于甚低速力学基本近似定律的。”他又问最高执政官，“这不违反测试准则吧？”

“当然不，只要是测试数据库中的试题。”舰队统帅代为回答。这些令他大感意外的生命体把他的注意力全部吸引过来了。

“3C 文明测试试题 14 号：请叙述相互作用的两个物体间力的关系。”

孩子们说：“当一个物体对第二个物体施加一个力，第二个物体也会对第一个物体施加一个力，这两个力大小相等，方向相反！”

“3C 文明测试试题 14 号通过！ 3C 文明测试试题 15 号：对于一个物体，请说明它的质量、所受外力和加速度之间的关系。”

孩子们齐声说：“一个物体的加速度，与它所受的力成正比，与它的质量成反比！”

“3C 文明测试试题 15 号通过，文明测试通过！ 确定目标恒星

500921473 的 3 号行星上存在 3C 级文明。”

“奇点炸弹转向！脱离目标！”最高执政官的智能场急剧闪动着，用最大的能量把命令通过超空间传送到蓝 84210 号舰上。

在太阳系，推送奇点炸弹的力场束弯曲了。长达几亿千米的力场束此时像一根弓起的长杆，努力把奇点炸弹挑离，射向太阳的轨道。蓝 84210 号舰上的力场发动机以最大功率工作，巨大的散热片由暗红变为耀眼的白炽色。力场束向外的推力分量开始显示出效果，奇点炸弹的轨道开始弯曲，但它已越过水星轨道，距太阳太近了，谁也不知道这努力是否能成功。通过超空间直播，全银河系都在盯着那个模糊的雾团的轨迹。它的亮度急剧增大，这是一个可怕的迹象，说明炸弹已能感受到太阳外围空间粒子密度的增大。舰长的手已放到了那个红色的时空跃迁启动按钮上，以便飞速地在奇点炸弹击中太阳前的一刹那脱离这个空间。但奇点炸弹最终像一颗子弹一样擦过太阳的边缘。当它以仅几万米的高度掠过太阳表面时，由于黑洞吸入了太阳大气中大量的物质，亮度增到最大，太阳边缘出现了一个刺眼的蓝白色光球，使它在这一刻看上去像一个紧密的双星系统。这一奇观对人类将永远是个难解之谜。蓝白色光球飞速掠过时，其下太阳浩瀚的火海黯然失色。像一艘快艇掠过平静的水面，黑洞的引力在太阳表面划出了一道“V”形的划痕，波及半个太阳。奇点炸弹撞断了一条日珥，这条从太阳表面升起的百万千米长的美丽轻纱在高速冲击下碎成一群欢快舞蹈着的小小的等离子体旋涡……奇点炸弹掠过太阳后，亮度很快暗了下来，最后消失在茫茫太空的永恒之夜中。

“我们险些毁灭了一个碳基文明。”参议员长出一口气说。

“真是不可思议，在这么荒凉的地方竟会存在3C级文明！”舰队统帅感叹说。

“是啊，无论是碳基联邦，还是硅基帝国，其文明扩展和培植计划都不包括这一区域。如果这是一个自己进化的文明，那可是一件很不寻常的事。”最高执政官说。

“蓝84210号舰，你们继续留在那个行星系，对3号行星进行全表面文明检测，你舰前面的任务将由其他舰只接替。”舰队司令命令道。

同他们在木星轨道之外的数字复制品不一样，山村小学中的娃们丝毫没有觉察到什么。在那间校舍里的烛光下，他们只是围着老师的遗体哭啊哭。不知哭了多长时间，娃们最后安静下来。

“咱们去村里告诉大人吧！”郭翠花抽泣着说。

“那又咋的？”刘宝柱低着头说，“老师活着时，村里的人都腻歪他，这会儿肯定连棺材钱都没人给他出！”

最后，娃们决定自己掩埋自己的老师。他们拿起锄头、铁锹，开始在学校旁边的山地上挖墓坑。灿烂的群星在整个宇宙中静静地看着他们。

“天啊！这颗行星上的文明不是3C级，是5B级！”看着蓝84210号舰从一千光年之外发回的检测报告，参议员惊呼起来。

人类城市的摩天大楼群的影像在旗舰上方的太空中显现。

“他们已经开始使用核能，并用化学推进方式进入太空，甚至已登上了他们所在行星的卫星。”

“他们的基本特征是什么？”舰队统帅问。

“您想知道哪些方面？”蓝 84210 号舰上的值勤军官问。

“比如，这个行星上生命体记忆遗传的等级是多少？”

“他们没有记忆遗传，所有记忆都是后天取得的。”

“那么，他们的个体相互之间信息交流的方式是什么？”

“极其原始，也十分罕见。他们身体内有一种很薄的器官，在这个行星以氧氮为主的大气中，振动可产生声波，同时把要传输的信息调制到声波之中，接收方也用一种薄膜器官从声波中接收信息。”

“这种方式信息传输的速率是多大？”

“大约每秒 1 至 10 比特。”

“什么？”旗舰上听到这话的所有人都大笑起来。

“真的是每秒 1 至 10 比特，我们开始也不相信，但反复核实过。”

“上尉，你是个白痴吗？”舰队统帅大怒，“你是想告诉我们，一种没有记忆遗传，相互间用声波进行信息交流，并且是以令人难以置信的每秒 1 至 10 比特的速率进行交流的物种，能创造出 5B 级文明？而且这种文明是在没有任何外部高级文明培植的情况下自行进化的？”

“但，阁下，确实如此。”

“但在这种状态下，这个物种根本不可能在代际中积累和传递知识，而这是文明进化所必需的！”

“他们有一种个体，有一定数量，分布于这个种群的各个角落，这类个体充当着两代生命体之间知识传递的媒介。”

“听起来像神话。”

“不，”参议员说，“在银河文明的太古时代，确实有过这种个体，但即使在那时也极其罕见。除了我们这些星系文明进化史的专业研究者，很少有人知道。”

“你是说那种在两代生命体之间传递知识的个体？”

“他们叫教师。”

“教——师？”

“一个早已消失的太古文明单词，很生僻，在一般的古词汇数据库中都查不到。”

这时，从太阳系发回的全息影像焦距拉长，显示出蔚蓝色的地球在太空中正缓缓转动。

最高执政官说：“在银河系联邦时代，独立进化的文明十分罕见，能进化到 5B 级的更是绝无仅有。我们应该让这个文明继续不受干扰地进化下去，对它的观察和研究，不仅有助于我们对太古文明的认识，对今天的银河文明也有启示。”

“那就让蓝 84210 号舰立刻离开那个行星系吧，并把这颗行星周围一百光年的范围列为禁航区。”舰队统帅说。

北半球失眠的人，或许会看到星空突然微微抖动。那抖动从空中的一点发出，呈圆形向整个星空扩展，仿佛星空是一汪静水，有人用手指在水中央点了一下。

蓝 84210 号舰跃迁时产生的时空激波到达地球时已大大衰减，只让地球上所有的时钟都快了 3 秒，但在三维空间中的人类是不可能觉察到这一效应的。

“很遗憾，”最高执政官说，“如果没有高级文明的培植，他们还要在亚光速和三维时空中被禁锢两千年，至少还需一千年时间才能掌握和使用湮灭能量，两千年后才能通过多维时空进行通信。至于通过超空间跃迁进行宇宙航行，可能是五千年后的事了。至少要一万年，他们才具备加入银河系碳基文明大家庭的基础条件。”

参议员说：“文明的这种孤独进化，是银河系太古时代才有的事。如果古老的记载正确，我那太古的祖先即生活在一个海洋行星的深海中。在黑暗世界的无数个王朝后，一个庞大的探险计划开始了。他们发射了第一艘外空飞船，那是一个透明的、充满浮力的小球，经过漫长的路程浮上海面。当时正是深夜，小球中的先祖第一次看到了星空。你们能够想象，那对他们而言是怎样的壮丽和神秘啊！”

最高执政官说：“那是一个让人向往的时代。一粒灰尘样的行星对先祖来说都是一个无限广阔的世界。在那绿色的海洋和紫色的草原上，先祖敬畏地面对群星——这样的感觉我们已丢失千万年了。”

“可我现在又找回了它！”参议员指着地球的影像说。那蓝色的晶莹球体上浮动着雪白的云纹，酷似一种来自祖先星球海洋中的美丽珍珠，“看这个小小的世界，它上面的生命体在过着自己的生活，做着自己的梦。对我们的存在，对银河系中的战争和毁灭全然不知。宇宙对他们来说，是希望和梦想的无限源泉。这真像一首来自太古时代的歌谣。”

他真的吟唱了起来。他们三人的智能场合为一体，漾起玫瑰色的波纹。那从遥远得无法想象的太古时代流传下来的歌谣听起来悠远、神秘、苍凉，通过超空间传遍了整个银河系。在这团由上千亿颗恒星组成的星云中，数不清的生命感受到了久违的温馨和宁静。

“宇宙的最不可理解之处在于它是可以理解的。”最高执政官说。

“宇宙的最可理解之处在于它是不可理解的。”参议员说。

当娃们造好那座新坟时，东方已经放亮了。老师是放在从教室拆下来的一块门板上下葬的，陪他入土的是两盒粉笔和一套已被翻破的小学课本。娃们在那个小小的坟头上立了一块石板，上面用粉笔写着“李老师之墓”。

只要一场雨，石板上那稚拙的字迹就会消失。用不了多长时间，这座坟和长眠在里面的人就会被外面的世界忘得干干净净。

太阳从山后露出一角，把一抹金晖投进沉睡着的山村。在仍处于阴影中的山谷草地上，露珠闪着晶莹的光，可听到一两声怯生生的鸟鸣。

娃们沿着小路向村里走去，那一群小小的身影很快便消失在山谷淡蓝色的晨雾中。

他们将活下去，为了在这块古老贫瘠的土地上收获虽然微薄但确实存在的希望。

临界

王晋康

谨以此文献给我仰慕的一位科学家。但本文不是报告文学，人物、情节均有虚构。

——题记

一

我永远忘不了那一天，1990 年 6 月 22 日，因为此后数月令人惊悚的日子是从那天开始的。那年，我 14 岁，姐姐文容 16 岁，爷爷文少博 78 岁，奶奶楚白水 75 岁。

离亚运会开幕还有整整三个月，在北京随处可以摸到亚运会的脉搏。

街上到处是大幅标语，高架桥的栏杆上插满“迎接亚运”的彩旗，姐姐和我的学校里都在挑选亚运会的志愿服务人员，公交车司机在学习简单的英语会话。只有爷爷游离于这种情绪之外，仍独自待在书房里埋头计算。那天早上，奶奶比往常起得更早，做好早饭，拿出一套新衣让爷爷穿上，昨晚她已逼爷爷去理了发。她端详着穿戴整齐的爷爷，笑道：

“哟，这么一打扮，又是一个漂漂亮亮的老小伙儿啦！”

姐姐和我都起哄，说，爷爷真漂亮，爷爷帅呆啦！爷爷像小孩子一样难为情地笑着：“爷爷老啦！”爷爷确实有点儿“老小孩”的迹象，笑起来像小孩一样天真。他在生活琐事上一向低能，现在更离不开奶奶的照顾。爷爷生于豪门望族，当年的文家二少爷也曾是风流倜傥。但他从英国留学归来便选择了一项最艰苦的职业——地质勘探。50 年的风雨已经彻底改变了他的气质，现在，从外貌看来，他更像偏远地区的乡村老教师。

爷爷马上要去位于复兴路北的国家地震局（我去过那里，是一幢能抗 7 级地震的大楼）做报告，报告的具体内容爷爷对我们严格保密，他一向严格执行《地震预报条例》的规定。不过据我猜测，这次报告很可能涉及亚运会期间的震情。

别人开玩笑说，我家实行隔代遗传。爷爷是国内著名的地质学家，国内几个大油田的发现都有他的功劳，连他的学生中都有几个中科院院士呢。奶奶是有名的医学生物学家，中国消灭了天花和脊髓灰质炎病毒，其中有她很多心血。可惜爸爸那代人没继承他们的衣钵，不过这个传统让我和姐姐接续上了。虽说在 1990 年说这话还嫌太早，但至少在我和姐姐的学校里，我们已是有名的地震和病毒小专家了。

我父母常年在外地（大庆油田）。自从爷爷奶奶退休并定居北京后，我和姐姐一直住在爷爷家。那时爷爷还没有搬家，住在平安里一座小四合院里，房子十分破旧，下雨时首先要用雨布遮盖爷爷的那台286电脑，然后收拾满桌满床的大部头书籍：《地震学》《世界地震带挂图》《古地磁学》《地球固体潮》《20年中国地震台网观测报告汇编》《病毒学》《医学免疫学》《血型血清学》《干扰素治疗》……爷爷奶奶似乎比退休前还忙，尤其是爷爷，每天埋头于电脑前认真计算着。夏天，破旧的纱门挡不住蚊虫，他干脆弄两只水桶把腿脚泡进去，一来防蚊叮，二来降温。冬天房子像冰窖，他把一只小火炉放在桌边，手冻僵了，就在火上烤一会儿。这种情形一直持续到石油物探局专门为爷爷配置了一台取暖锅炉为止。

常常有他们的学生来这儿探望或请教。他们先站在天井里大声问好，然后再进屋。凡是爷爷的学生，都是称呼老师、师母好；凡是奶奶的学生，则称呼文老师、楚老师好。我和姐姐发现这条规律，常躲在一旁验证，百试百灵。

我和姐姐并没有刻意去继承爷爷奶奶的衣钵，但他们的知识不知不觉就传给我们了，因为这些知识一直弥漫在空气中，潜移默化地渗入我们的血液中。比如，姐姐常常流利地告诉同学，病毒都是采用超级寄生，利用被攻击细胞的核酸来繁殖的，所以，任何药物包括抗生素对病毒基本是无能为力的，只能依靠人类在千万年进化中产生的特异免疫力，疫苗的作用则是唤醒和强化这种免疫力。不过，人类对病毒的战争已经取得了里程碑式的成功，天花病毒已经被全歼，脊髓灰质炎病毒的全歼已经提上日程。为什么先拿这两种病毒开刀？因为它们只寄生于人体，没有畜禽的交叉感染渠道。现在，中国卫生部正在部署围剿脊髓灰质炎病毒的大战役，将从1993年开始，连续数年对8亿儿童进行免疫。奶奶虽然已退休，卫生部的轿车仍然常来把她接去，参加某个重要讨论。姐姐笑着对奶奶说：

“奶奶，别把坏蛋杀完了，留两个给孩儿杀杀。”

奶奶笑道：“留着哪，病毒的全歼可不是二三百年能干完的事。”

我也常常给同学举办地震知识讲座。我说，地震是人类最凶恶的自然灾难，20世纪共发生7级以上地震65起，8级以上7起，死亡103万人。地震中最常见的是**构造型地震**，因为地壳是由六大板块（太平洋、亚欧、非洲、美洲、印度洋、南极洲）组成，各板块缓慢运动，互相挤压，形成三大地震带，即环太平洋地震带、欧亚地震带（又称地中海—喜马拉雅地震带）和海岭地震带。我国处于两大地震带之间，震灾十分频繁。1900年以来中国地震死亡人数55万，占全世界的53%；1949年来死亡人数27万人，占全国同期自然灾害死亡人数的54%。而且和其他学科的科学家不同，地震学家们是一伙“自卑”的家伙，因为，尽管他们投入了巨大的心血，但在地震预报方面实在是乏善可陈！1966年，邢台地震伤亡惨重，周总理亲自部署

知识点拓展

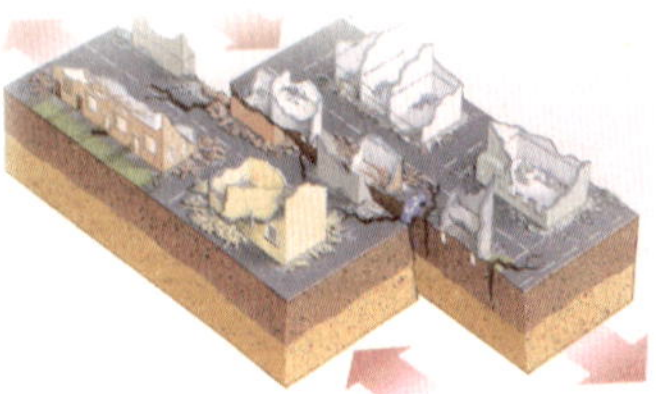

构造型地震：是由地壳运动所引起的地震。一般认为，地壳运动是长期的、缓慢的，一旦地壳所积累的地应力超过了组成地壳岩石极限强度时，岩石就会发生断裂而引起地震。构造型地震是一种活动频繁、影响范围大、破坏力强的地震。地球上最多（90%以上）和最大的地震都属于构造型地震。

对地震预报的研究。1975 年，成功预报了海城地震，经联合国教科文组织评定，成为唯一载入地震预报史册的范例。那时，在“文革”期间的亢奋中，有人宣称中国已完全掌握地震预报的规律。但仅仅一年后，唐山地震来了，它阴险地偷越众多机构组成的警戒线，狞笑着扑向梦乡中的唐山人。对地震工作者来说，这是一次极为丢脸的失败，地震爆发后，国家地震局竟然不能确定震中在哪儿！幸亏几位唐山人星夜驱车赶往国务院汇报灾情，国家才开始组织抢救工作。

我是在唐山地震之后出生的，但我想我目睹了唐山地震的惨景——通过爷爷的眼睛和爷爷的叙述。地震第二天爷爷就赶到现场。美丽的唐山全毁了，房屋几乎全部倾颓，烟尘聚集在城市上空，久久不散，就像死神的旗幡。火车轨道被扭成麻花，水泥路面错位。地上分布着很多纵横裂缝，最宽可达 30 米。五个水库的大坝被震垮。一个男人从四楼跳下来，却被同时落下的楼板压住双脚，身体倒吊在半空中死了；一位妈妈已从窗户里探出半个身子，但还是被砸死，她最后的动作是竭力想护住怀中的孩子；另一位妈妈幸运地逃了出来，在废墟中机械地走动，哄着怀中的孩子——孩子早已长眠不醒；很多幸存者被挤在狭小的空间中，在黑暗和酷热中待了数天才被救出。一直到多少年后，他们睡觉时甚至不敢熄灯，因为只要沉入黑暗，他们就开始心理性的窒息！

一场空前绝后的浩劫啊！所有赶来救援的人，从身经百战的老师长到长着娃娃脸的小兵，都要惊愕地看上几分钟，把撕裂的心房艰难地平复，才脸色阴沉地投入抢救。不过，对于地震工作者来说，更多的是痛愧，是无地自容。爷爷说，那时他乘的是石油勘探局的汽车，还没有成为众矢之的，而那些乘国家地震局车辆的同行简直没法出门。一位老大爷对他们哀哀地哭诉着："为啥不提前打个招呼哩，你们不是管地震预报的吗？"血迹斑斑的年轻伤员们咬牙切齿地骂："这些白吃饭的，饿死他们！砸死他们！"

国家地震局的老张是爷爷的熟人。白天，他们默默忍受着唐山人的咒骂，记录着各种宝贵的资料。当时正值盛夏，废墟中的尸体很快就腐烂了，令人作呕的怪味儿在周围涌动，呕得人根本无法进餐。他们用酒精把口罩浸湿，一言不发地工作着。一天晚上，老张来找爷爷，声音嘶哑地说："文老，咱们出去走走！"爷爷跟他出去了。月亮没出来，废墟埋在浓重的夜色中，除了帐篷里泻出来的灯光，唐山黑得像地狱。老张一直低着头，磕磕绊绊地走着，等到远离帐篷，老张站住了，一句话没说，忽然号啕大哭，哭得撕心裂肺！爷爷没劝他，陪着他默默流泪。痛痛快快哭了一场后，老张问他：

"文老，地震真的不能预报吗？咱们真的无能为力吗？"

爷爷生气地说："怎么不能！没有人类认识不了的规律！"

爷爷那时的主业是石油物探，搞地震预测只是兼职。他在石油物探方面已是一代宗师，桃李满天下，而且已年近古稀，没理由再转行。但邢台地震尤其是唐山地震后，几十万冤魂的号哭一直在他耳边回响。1978 年，他正式递交了退休申请，从领导岗位上退下来，全身心投入地震预报的研究——但只能是私人性质的研究了。多年后，一位伯伯曾叹息地告诉我，你爷爷为这个决定吃了大亏。他那时虽然已 68 岁，但身体好，思路清晰，经验丰富，部里原打算让他再干几年的。他这么一退，首先是经济上吃亏，因为那些年还没有到涨工资的高峰期，退休工资很低。再者，过早从科学家的主流圈中退出来，还有很大的隐性损失，这一点就不必多言了。

我想伯伯说得对。爷爷的晚年是相当困窘的，工资不高，又把大部分工资用于购买资料——他不是进行官方研究，资料费没处报销。可以说，退休后他完全靠奶奶的工资养着。在和爷爷奶奶共同生活的那几年里，我和姐姐都能触摸到家中的贫穷。常常有国外的学生来看爷爷，他们大都衣着光鲜，唇红齿白，外貌比实际年龄要年轻 20 岁。他们惊讶地打量着爷爷的陋舍，小心地掩饰着目光中的怜悯。我想，恰在这时我最佩服爷爷。因为他在这些怜悯的目光中尚能坦然微笑，不卑不亢。这一点太难啦，至少我在这些客人面前就很难没有一点儿自卑。在我成人后，每当看到报上说某某知识分子“安于贫贱”“儿不嫌母丑，狗不嫌家贫”之类的滥调时，我就反胃。我觉得，若不能让科研工作者过上相对舒适的生活，以保证他们思想和研究的自由，这个社会就是病态的、畸形的、没有前途的。

“爷爷，你后悔吗？”有一天我向他转述了那位伯伯的话，问他。爷爷停下蒲扇，沉思地看着我。他不是在看我，是越过我的头顶看着远处。过一会儿，他说：

“1966 年邢台地震后，周总理亲自找李四光先生和我谈话。他痛心地说，地震给中华民族带来了深重的灾难，地震能预报吗？李先生说能！我也说能！周总理说，拜托你们啦，希望在你们这一代把地震预报搞成。从那时起我们做了很多努力，成功地预报了海城地震，可惜漏报了最凶残的唐山地震。现在，周总理和李先生都已不在人世，当时谈话的就剩下我一人了。”

他没有回答后悔不后悔，我也没再问。

我和姐姐吃早饭时，爷爷已早早吃完，坐在正间的竹圈椅里静候。听见他低声问奶奶："车辆联系好了吗？不会误事吧？"这已是他第二次询问了。奶奶耐心地说："不会误事的，是国家地震局派的车，昨晚石油物探局还问用不用他们派车，我谢绝了。"

姐姐瞄瞄爷爷，抿嘴乐道："你看爷爷就像赶考的孩子，蛮紧张呢！"我说："笑话，爷爷会紧张？爷爷可不是没见过世面的人，连政治局委员们还听过他的课呢！"姐姐没争辩，扒完饭骑车走了。我出去时，发现爷爷确实有点儿紧张，他一言不发地坐着，目光亢奋，手指下意识地敲着椅子扶手。后来，知道这次报告的内容之后，我才理解爷爷的紧张，那是对于一个高度敏感的地区（首都）、高度敏感的时间（亚运会）所做的强震预报呀！事后国家地震局的张爷爷说，当爷爷在6月22日报告会上撂出这个响炮时，会议参加者都惊呆了。他说，也只有你爷爷的资历和胆量敢撂这个响炮，只有他一人！

该上学了，我推出自行车。这时一辆轿车开到大门口，国家地震局的何伯伯进来，和我打了个招呼："小郁，上学呀？"我说："伯伯好，爷爷等你很长时间了。"何伯伯在天井处大声问了好，说："文老师咱们出发吧！师母，中午老师不回来，饭后休息一会儿，下午我送他回来。"奶奶交代着："若下午赶不回来，记住5点钟让他吃降压药，药片在他右边口袋里放着。最近血压又高了，低压130，高压200。"何伯伯说："我会提醒他的，师母，你放心。"

何伯伯扶爷爷上车后，汽车开走了。

爷爷预报地震不需要声光报警器，不需要GPS观测网络、地磁观测仪、地电观测仪、重力观测仪和电磁波观测仪，不需要水位计、蠕变仪、岩体膨胀计——作为私人性质的研究，他也没有这些条件。他所拥有的，就是他费尽心血搜集到的浩繁的地震资料，还有一把计算尺（后来升格为 286、386 电脑）。所有预测结果都是在纸上算出来的。

我常常帮爷爷计算，也很早就大致了解了他的理论核心——可公度计算。可公度计算是说：各地震带的地震肯定各自具有相对不变的物理成因，因而有相对不变的物理规律。这些物理成因可能埋得很深，一时抽提不出来，但可以先把它们虚化，用纯数学手段凑出一些公式来逼近它。有了这些近似公式，就能对未来的地震做出近似的预测。比如，1906 年以来世界上 8.5 级以上地震共 12 次，按发生日期依次编号为 $X(i)$ =1917.5.1；1917.6.26；1920.12.16；1929.3.7……1958.11.6。用可公度法试算后发现间隔时间大致符合以下一些等式：

$X(3)+X(6)=X(2)+X(5)$

$X(4)+X(7)=X(1)+X(11)$

…………

$X(3)+X(12)=X(4)+X(11)$

把二元相加的结果画在坐标上，能得出一张图形基本对称的坐标图。依照这张图做适当外推，就可对未来的 8.5 级以上大震做出预测。当然实际没这么简单，实际计算时每个预测结果都要用多元可公度计算互相校核，还要用爷爷自创的“醉汉游走理论”推算这个结果的可信度。但不管怎么说，这是一种极简化的运算，它抛弃了地震的物理内核，转化为地震参数的纯数学运算。

很早我就知道，地震界的大部分专家对爷爷的预测办法颇有微词。由于爷爷的人品和声望，他们一般不公开批评，但私下里他们叹息着：“文先生真的老了，文先生怎么从科学宿儒变成算命先生了呢？”这些叹息也传到我和姐姐的耳中。我们确实心中嘀咕：凭这些简单的计算就能抓住地壳深处潜行的魔鬼？但爷爷确实做出很多接近正确的预报：像 1983 年新疆乌恰地震，1989 年 10 月 17 日美国旧金山 6.9 级地震，其后还有 1992 年 6 月 28 日美国加利福尼亚 7.4 级地震，1993 年 7 月 12 日日本北海道 7.3 级地震……

爷爷的声名（指地震预测方面的声名，作为石油地质学家他早已闻名遐迩了）渐渐传播到海内外。常常有国内外的人士给爷爷写信，对爷爷的“神机妙算”表示仰慕，把他誉为刘伯温式的“预测宗师”。慢慢地，我和姐姐也忘了心中的嘀咕。

爷爷不会错的——他怎么可能错呢？看看他为地震预测投入的心血、做出的牺牲和承受的苦难，如果真有一个主管宇宙运行的上帝，也会被爷爷感动的。

亚运会一天天临近，街上满是吉祥物熊猫盼盼的图样。从盼盼家乡送来的熊猫雕塑在北中轴路落户，由于赶工太紧，这件雕塑有点儿失真、有点儿驼背，不过孩子们不大理会这点儿“残疾”，照样喜欢它。奥林匹克体育中心、亚运村、专为亚运村配套的北辰购物中心都相继完工，亚运会的气氛越来越浓了。

6 月 22 日以后，国家地震局在门头沟召开了北京震情会商会，这次爷爷没有参加。由于爷爷的严格保密，我一直不知道爷爷曾撂过一个响炮，但我对爷爷的行迹越来越疑惑。两个月来，他一直趴在电脑前狂热地计算着、校核着。他的血压升到了230/140mmHg，眼睛充血，手指发颤，脸色像是害了一场大病。奶奶很着急，逼着他吃药，有时甚至强行关掉电脑，但只要奶奶转过脸，他马上溜回书房。

他为什么这样焦灼和担心？姐姐发现了他的异常，担心地问：“奶奶，爷爷的脸色太差了，他在忙些什么呀？”

奶奶含含糊糊地搪塞过去。

这一天，我夜里起来小便，偶然听到爷爷焦灼的低语：“……已多次校核，每次可公度计算指向同一个结果……我从来没有这样肯定过……国家地震局迟迟不发震情预报……”

我愣住了。从这些只言片语中，我足以猜到爷爷焦灼的原因：北京有大震！在亚运会期间！

大概听到我的动静，爷爷那边不说话了。我小便后躺在床上睡不着。木隔板那边，姐姐睡得正香，鼻息绵绵细细。犹豫了半个小时，我跳下床，偷偷溜到爷爷的电脑前，打开它。爷爷的资料库设置有密码，但他对密码太过信任了。爷爷70岁开始学电脑，现在已经能熟练地应用，这已经相当不易。不过他毕竟老了，他只能浮在电脑的表层程序，而我能下潜到水底。没费什么事，我就破解了密码，打开爷爷的文件，一帧帧地寻找，终于找到我要的东西：

90.07号震情预报：

预测三要素为：

时间：1990年9月20日

地点：北京昌平一带

震级：7.5 ~ 8.0 级

附注：已提交 1990 年 5 月 5 日政协第七届全国委员会

昌平？8.0 级地震？亚运会期间？我简直傻了。屏幕上似乎闪出唐山大地震的画面：倾颓的楼房，阳台在半空中摇晃、扭曲的钢轨、阴森森的地裂……我打一个寒战，揉揉眼睛，另一些画面又占据了屏幕：死在窗台边的母女，半空中倒吊的男人、令人作呕的腐尸气味……

突然，有人拍拍我的脑袋，我惊得一乍，迅速扭回头，是姐姐。她揉着眼睛奇怪地看着我。“郁郁，你在干什么？已经夜里 2 点啦！”她睡意浓浓地说。我赶忙关了电脑，强笑道：“没事没事，我在查一份资料。姐姐，别告诉爷爷奶奶啊！”

我溜回去，睡到床上。姐姐解手后还隔着木板壁问了一句：“郁郁，你在查什么？”我装着没听见，我不敢告诉姐姐。虽然 14 岁是一个满不在乎的年龄，但从小受爷爷熏陶，我知道地震预报泄露出去是多么严重的事情。

我想那晚我一定会失眠的，一个小时后我还是进入了梦乡。

因为心中藏有这个恐怖的秘密，我在一夜之间长大了 10 岁。我独自从欢快亢奋的社会氛围中游离出来，惊悸地注视着亚运会的进程。开幕式已开始彩排，看过彩排的同学眉飞色舞地说：美极了！报道说萨马兰奇已经确定要出席亚运会，定于 9 月 21 日到京。内幕消息说，将在念青唐古拉山下的当雄县城采集天火作为亚运圣火，采火人已经内定，是一个叫达娃央宗的藏族姑娘。节日的北京如一条奔腾喧闹的河流，河道两旁花团锦簇。

而在地下，那个魔鬼正一步步向我们逼近，它只要抖抖身躯，打一个哈欠，就会带来惨绝人寰的灾难。我常常想跳到大街上去高喊：“你们干吗还要搞这些花哨的东西？快准备吧，‘它’要来了！”

爷爷不再计算，看来已不需要复核了。他总是坐在正间的竹圈椅中，神情肃然地盯着不可见的远方。奶奶肯定知道内情，但她仍保持着平日的节律，采买，做饭，偶尔同研究所的后辈们通通电话。不过，我能察觉到她内心的焦忧。在我们这个四口之家里，只有姐姐什么也不知道。随着亚运会的临近，她的情绪越来越高涨，每天回家，自行车没停稳，就开始通报今天的花边新闻。她根本不知道，在我听来，这些新闻是多么浅薄可笑。

有时我甚至对爷爷的沉默心生怨恨。爷爷，作为一个预知天机的人，你为什么不到街上大声疾呼，唤醒满街的梦中人呢？如果是受法律所限不能张扬的话，你至少该考虑到家庭的自救，带我们悄悄迁移到别处躲躲嘛。不过总的来说我理解爷爷，关键是没人能确切肯定自己的预报绝对正确，而一旦误报将造成巨大的损失。像 1989 年，美国气候学家布朗宁预报圣路易斯市 12 月上旬有大地震，引发了民众的恐慌，造成了 6 亿美元的损失。中国唐山地震后，一个回乡民工在火车站听到几句谣传，回烟台后散播，在烟台掀起一场恐慌……地震预报真是天下最难的事业，进也难退也难，一字重如千钧呀！

不知道国家地震局的专家们此刻是什么心情？亚运会牵涉到国内外，当然不可能随便改期。但地震——这个在地下潜行的魔鬼，它可不会顾忌人世间的什么典礼或赛事，它可不管背上驮着的是首都还是乡村。它在狞笑着逼近。开幕式上万众欢腾，中外贵宾齐聚一堂，可是忽然天崩地裂。

那时，地震局的人可是万死莫赎其罪了。

这个秘密锁在一个14岁中学生的心里并悄悄膨胀，我的胸膛快要憋炸了。我变得十分神经质，上课时听不懂老师的讲课，下课时总一人愣着，听不见同学唤我。特别是在夜里，我的耳朵变得十分灵敏，一点儿风声或落叶声都能使我从床上惊跳起来。容容姐是一个又迟钝又敏感的家伙，她一直没猜出家庭中这个秘密，却看出了我的惊悚。她关心地一再追问："郁郁，你怎么啦？你这几天就像是干了什么亏心事似的。"我没法儿回答，我真可怜姐姐。

书房里挂着中国地震活动断裂图，我看过不下百遍，但这些天我简直不敢面对它。全国尤其是京津唐地区的断裂带纵横交错，就像母亲乳房上划出的刀痕，十分瘆人。我不禁生出一个想法：如果1949年这张图挂在第一代领导人位于河北西柏坡的办公室里，他们大概不会选北京做首都吧。但即使首都不在北京又有什么用？中国几十个大城市都位于活动断裂带上，无处可迁，中华民族注定要生生世世与魔鬼为伴。丧气的是，这个魔鬼是无法驱走的，总有一天，它会来敲你的门。

在哪本书上看到一句话：灾难、疾患、死亡是人类不可豁免的痛苦。我曾一本正经地把它抄到笔记本上，其实当时并没什么感悟。到现在，我才对"不可豁免"这四个字有了最深切的体会。

这天晚上，奶奶把姐姐和我叫到他们的卧室，似乎无意地说："小郁，你不是想当地震专家吗？今天忽然想考考你，你说，地震发生时如何自救？"

我看看奶奶，她当然不是毫无缘由地问到这个问题，但奶奶的表情中看不出什么异常。我看看爷爷，天真的爷爷已不大会隐藏感情了，他躲开我的目光，笑容中浮着愧意。我说：“奶奶，我知道，关键是及时自救。地震的纵波（P 波）速度快，每秒 7 ~ 8 千米；横波（S 波）慢，每秒 4 ~ 5 千米。纵波破坏力较小而横波破坏力较大，所以要利用纵横波的时间差迅速自救。”

奶奶说：“对，这段时间很短的，所以一旦发生地震，千万不要打算帮助我们，你们要先自救，然后才能想办法救别人。这两天咱们来一次演习，只要听见我或爷爷喊地震了，马上滚下床，躲在床边（不要钻到床下），依靠床的高度掩护自己。各人床下放有干粮和水瓶。你们要记住啊！”

姐姐再迟钝，这会儿也看出了苗头，她怀疑地问：“是不是有地震？爷爷，你是不是预测出地震了？”

我觉得爷爷更窘迫了，忙推推姐姐：“不会的，这只是一次演习罢了，要有地震爷爷肯定会告诉咱们的，对吧？”

奶奶说：“对，这只是预防万一。由于你爷爷的身份，你们在外面千万要谨慎，说错一句话都会引起混乱的。千万小心啊！”

我回到自己房间，朝床下瞄了瞄，那儿果然放着一包饼干和一瓶水。这两样很平常的东西在我心中简直是魔鬼的化身，夜里我睡不安稳，总是梦见《一千零一夜》里的魔鬼吱吱叫着在瓶里挣扎，它马上就要把瓶子挣破了——后来我知道，那个声音倒是真实的，是耗子在咬塑料袋，我的饼干让它们美美地打了一顿牙祭。

亚运会开幕前两天，9 月 20 日晚上，爷爷把我俩叫到一起，平静地说：“容儿，郁儿，有句话我总算可以说出来了。今天国家地震局正式发布中等强度地震的震情预报，其实我在四个月前就预测到了。”

非常奇怪，听了爷爷迟来的宣布，我突然觉得一阵轻松。我想爷爷也有同样的心情。实际上地震的危险并没有消失，它甚至更现实了。但是，能在家里公开谈论这件事，本身就是对我的解放。我忍不住大声喊道：

“爷爷，我早知道了！但你的预报可不是中等强度的——昌平地区，9月20日左右，7.5～8.0级浅源地震。”爷爷愕然地看着我，我咧嘴笑着，“爷爷，我向你道歉，我破解了你的密码，查到90.07号震情预报。不过你放心，我没对任何人透露过，连姐姐也没有。”

姐姐马上反应过来：“那天夜里你是在刺探爷爷的情报？哼，你竟然瞒着我，全家人都瞒着我！”

姐姐十分气恼，因为姐弟间从来没有秘密的，而现在她第一次被排除在某个秘密的知情圈子之外，这严重挫伤了她的自尊心。她对我怒目而视，气哼哼地说：“好啊，你个小东西，竟然敢——”

我大叫起来：“姐姐，你别得便宜卖乖了！我巴不得和你换换位置。这么多天担惊受怕，又不敢和任何人谈这桩秘密，我都快憋疯了！”

姐姐扑哧一笑，又赶紧绷起脸。爷爷看看奶奶，欣慰地说：“好啊，能守住这个秘密，咱们的文郁已经是男子汉了。”他又说，“这些天睡觉要警醒些，好在咱家是平房，危险要小得多。关于地震时自救的办法前天也温习过了，地震来时要镇静。”

我们严肃地点点头。姐姐担心地问：“亚运会会不会改期？正赶上开幕啊！”

爷爷苦涩地摇摇头：“不会，毕竟这只是预测。不过，国家地震局早就处于一级战备，有征兆会及时发出临震预报。”

我笑着指责爷爷：“爷爷，你真狠心啊，这么长时间把我们蒙在鼓里。万一地震来了把全家人砸死，你后悔不后悔？”

这个玩笑肯定不合适，看来它正好戳到爷爷的痛处，奶奶急忙向我使眼色。爷爷愣了一会儿，难过地说：“我当然后悔，我会后悔一辈子的——可我不能透露啊！”

他的语调苍凉，透着深深的无奈。奶奶忙打岔说：“睡吧，睡觉吧。”然后赶紧把我俩赶走。临走时我看看目光苍凉的爷爷，忽然蹦出个随意的想法：做一个通晓未来的先知或上帝，真不是轻松的职业啊！

9 月 22 日，亚运会开幕，彩旗如云，万众欢腾。这天，北京西北昌平一带发生 4.5 级地震，北京有震感，楼房晃了一下。

一个又一个电话打到我家：“文老，还有主震吗？多大震级？会不会是第二个唐山地震？”“文老，你是大家信服的预测大师，你说一句话我们就心中有底了……”爷爷疲惫地一次次回答：“不知道，我没有就此做过预测。很可惜，无可奉告。”不过，在他打给国家地震局的电话中透露出了他的真实想法：

“老张，我的预测没有变，很可能只是一次前震，不要放松警惕。”

爷爷没有放松警惕，爷爷的神经之弦始终紧绷着。亚运会的日历一天天翻过去，我和姐姐毕竟年轻，我们兴奋地计算着中国的金牌数，慢慢忘了地震这档事。但爷爷没忘。有时夜里起来小便，还能看到他静静地坐在竹圈椅中，就像雁群睡觉时那个永远清醒的雁哨。

他还在等待，等待那个按照计算“理应到来”的强震。他的神经之弦绷得那样紧，我总觉得若不小心碰着它，那根弦就会铮然断裂。奶奶没有劝他，只是关照他按时吃降压药，也常常拉他出去散步。有一天，我忽然悟到这件事对爷爷的意义——他已经把这次预测的正误设定为对自己理论的最无情的检验了！如果预测错误，意味着他 12 年的辛苦白白浪费了。刹那间我竟然盼着——啊，不，不能这样，连想想也是罪过呀！但愿爷爷错了，那个地震魔鬼不会来了。

亚运会结束了，魔鬼没有来。它至今也没有来到北京。

爷爷预测错了。在他后半生最大的一次战役中，爷爷悲壮地输了。

二

12 年后的冬天，我在美国加州大学洛杉矶分校读完博士回国，在国家地震局找到了自己的位置。上班后正赶上局里组织的一次大检查，对象是局属的各地震观测台站，包括 GPS 观测网、地磁、地电、重力、电磁观测站。现在国内观测网站已经接近国际水平，能从宽频带、大动态范围和数字化地震资料中，对地震破裂的时空进程成像，以指导地震的预报。这些年也有一些成功的范例，比如对 1995 年 7 月 12 日云南勐连地震、1997 年 3 月 5 日日本伊豆地震都做出成功的长、中、短、临预报。但总的来说，地震预报尤其是短期预报和临震预报还远未过关。比如，云南丽江 1996 年 2 月 3 日地震，在已经做出正确的长、中、短预报的有利条件下，却未能做出正确的临震预报——恰恰这种临震预报对减轻伤亡是最重要的。

想想爷爷生前的研究条件，与现在真是天壤之别。不过，具有讽刺意味的是，这么好的条件，预报成功率却一直徘徊在 30% 以下，并不比爷爷高多少。

国家地震局的网页上，对于中国地震预测能力给出字斟句酌的自我评价：

“能对某些类型的地震做出一定程度的预报，但还不能预报所有的地震。较长时间尺度的中长期预报已有一定可信度，但短临预报的可信度还比较低。”

读此文时我揶揄地想：这个评价真是千金难易一字呀！

我被分在西北检查组，检查阿克苏、包楚、甘河子、高台等地震台。我们乘坐越野车，风尘仆仆地跑了 20 天，观看那些在密封山洞中静静倾听魔鬼脚步声的各种仪器。张爷爷也在这个组，他已经退休了，这次被返聘来参与检查。他脸上皱纹纵横，那是多年野外生活留下的痕迹。一见面他就说：

“小郁，洋博士回来了，接上你爷爷的班啦，隔代遗传啊！”

我笑道：“对，隔代遗传。我姐姐也接了奶奶的班，在医学科学院工作。她这会儿也在西北，在青海省。”

“不错，不错，你爷爷奶奶九泉下也安心了。晚上去找我，聊聊你爷爷。”

晚上我们宿在祁连山下一个简陋的旅馆里，没有暖气。窗户对着戈壁旷野，黑色的乱石上堆着薄薄的积雪。我敲响张爷爷的房门，他趿着一双劣质塑料拖鞋开了门，又赶紧回到被窝里，说：“你也上来，上来暖和。”我跳上床，坐到床的另一头，拉过被子盖住腿脚。被子又凉又硬，简直像石板，但张爷爷已经习以为常了。他问："在加州大学跟谁读的博士？"

"陈坎先生。"

"我认得他，退休前和他有联系。怎么样，国外现在的预报水平？主要是美国和日本。"

"不比咱们强。日本地震学家一再预测的东海大震至今没来，相反，没人关注的兵库县却来了个 7.2 级。美国地震局网页上曾登过一幅自嘲的漫画，一只惊恐的大猩猩大叫：为什么我能预报地震而科学家不能？"

"苦中作乐嘛，美国人比咱想得开。1976 年唐山地震，我和你爷爷在现场大哭一场，怕影响年轻人，躲到远处去哭。从那时一直到退休，我的精神一直高度紧张，如果真有一场大震溜过警戒来到北京，那可是万死莫赎其罪啦！可是，大震迟早总要来的，而按目前的水平，即使工作再负责也不能排除漏报的可能。我的胃溃疡就与精神高度紧张有关，一退休马上好了。虽然还要关心，毕竟不是职责所系。"他问，"小郁，还记得 1990 年那次预报吗？"

"当然。"我讲述了那时我如何偷窥爷爷的资料，并为此遭受两个月的心理酷刑。张爷爷笑了：

"原来还有这么一段小故事啊！小文，你知道吗？那时国家地震局里信服可公度计算的人不多，但我对你爷爷的科学功力近乎迷信，再加上那时北京地区确实有不少地震前兆，所以，在你爷爷 6 月 22 日放过那个响炮后，我几乎要提出亚运会改期。现在想想都后怕，如果亚运会真的改期，牵动国内外，劳民伤财，最后只是楼房晃那么一下。如今我常为你爷爷遗憾，以他的睿智，晚年怎么会钻到'可公度计算'的死胡同里呢？那时他的脑子又没有糊涂。”

听着对爷爷的批评，我心里很不是滋味，勉强为爷爷辩解道：“我想是因为他对科学的信仰太炽烈了吧。他相信万物运行都有规律，这些规律常常是简谐而优美的，并终将为人类认识。有了这三条，他才敢去走‘可公度计算’的捷径——却走进死胡同。”

“过犹不及。我不是批评你爷爷，这是我的自我反省。”他补充道，“我比所有人更了解文先生为此做出的牺牲，所以——真为他遗憾。”

“那么……”我缓缓地问，“站在今天的知识平台上，你认为地震预报，尤其是临震预报最终能取得突破吗？”

张爷爷惊奇地说：“当然能！否则我们研究地震干什么？”他半开玩笑地说，“你不会到国外转了一圈就变成不可知论吧？人类必将逐步掌握大自然的运行规律，这还用怀疑吗？地震规律当然不例外，这个世纪不行，下个世纪总可以吧？”

我温和地反驳：“科学已确证了量子世界的不确定性规律。还有，即使在宏观世界里，三体以上的牛顿运动也无法预测。”

张爷爷摇摇头，坚决地说：“地震一定能预报！总有一天能预报！”他怀疑地看看我，闷声不响了，颇有点儿话不投机半句多的味道。不过我不想同他争论。正好手机响了，是姐姐从青海循化打来的，她来青海已经两个月了。中国自 1994 年 9 月发现最后一例本土脊髓灰质炎野病毒病例后，已经连续 7 年没发现，2000 年 10 月被世界卫生组织评定为“已阻断脊髓灰质炎病毒传播途径”。但 2001 年 1 月 17 日青海循化撒拉族自治县又发现一例，姐姐就是为它去的。

我向张爷爷告辞，走到外边接听电话。姐姐的声音嘶哑疲惫，几乎能想见她在野外时的枯槁模样。但她的语调是欣喜的，她说经调查确认，这是一例境外传来的病毒，是偶发性的。但他们并没有大意，已在疫区街子乡团结村对患儿周围环境和终末物进行了彻底消毒。对 0 ~ 9 岁的 1 万名儿童进行了应急局部接种，随后还要进行更大规模的免疫接种。“简直是一场战争啊！”姐姐惊叹。

我说：“辛苦啦，我的老姐，看来当医学科学家也不比地震学家轻松。维持一个遍布全地球的无病毒真空，简直是西西弗斯的工作。”

姐姐说清明节快到了，她不一定能赶回家。如果我能赶回去的话，记着给爷爷奶奶扫墓。“把有关脊髓灰质炎的情况给奶奶说道说道，我想老人家九泉之下也操心着这件事呢！”

我叹了口气：“你是有东西可夸，我呢？我可没好消息告诉爷爷。喂，爸妈叫我关注你的婚事，让我批判你的独身主义，为科学献身并不意味一定要独身。你想想嘛，要是奶奶当年选择独身，哪里还有你我二人？”

姐姐骂道：“小东西，甭跟我油嘴滑舌。我的主意不会变的。”她挂了电话。

爷爷去世前已经调了房子，是某小区一幢相当宽敞的住宅，带欧式铁艺的凉台，台阶下的草丛中卧着小鹿塑像。买房时我在国外，不太清楚爷爷花了多少钱。听说石油部（已改为石油天然气总公司）给了他尽可能多的优惠。他们始终没忘记已退休多年的爷爷，令人感动。

爸妈不想离开大庆，现在这儿只住着我和抱独身主义的姐姐。在这套不错的住房里，家具倒是相当寒碜的，低档的装修，只有客厅里置买了新家具。书房里堆满两位老人的专业书籍，东墙上有一块大黑板，挂着中国石油矿藏分布图、地震带分布图，图纸已经发黄发脆。桌上放着爷爷奶奶的合影，还有一台爷爷用过的 586 电脑。

清明节前一天，我在爷爷书桌上点了一炷香，把一张光盘放进爷爷的电脑里。那是我读博士的研究成果，是由美国加州大学巴克和陈坎先生搞出来的一个地震生成模式，我把它深化了。这个相对简单的模式反映了地震的深层次机理。

是否把这些告诉爷爷，我曾犹豫过。因为我的结论对爷爷来说太残酷了。但我想他一定想知道的，瞒着他——才是对爷爷的藐视。

青烟在袅袅盘旋，爷爷在镜框中看着我，脸上仍挂着他晚年常有的天真而略带窘迫的笑容。爷爷，请你认真观看吧！

屏幕上显出两大岩石板块互相挤压的过程。岩石受挤时储存了弹性能，当弹性力大于静摩擦力时，某一小区域会突然滑动。岩层滑动着、挤压着，有些区域变成红色，象征着该区域已进入“突然滑动”前的临界态，单独的临界态区域逐渐扩大，不过并不是整片出现，它们在岩层中一绺一绺地延伸，与白色的非临界区域犬牙交错。当红色区域开始占优势时，就形成了整体临界态，这时强震发生的条件孕育成熟了。

从非临界态发育到临界态——这个过程还是有规律的，爷爷那时在长、中期地震预报上某种程度上的成功，正是基于这个过程的可公度性。但整体临界态一旦出现，规律就消失了。此后，某块岩石的滑动可以带出完全不同的结果：它可能只滑动一下就停止；也可能沿着一个较长的“红色手指”传递，引发一片区域的滑动；甚至沿着一个更长的手指走到头，引发全区域的大坍塌，这就是有极大破坏力的强震。

问题是，最后的雪崩究竟是由哪个小滑动触发，这个过程却是完全随机的，没有规律的。要想对它做出准确预测，就需要随时掌握板块中每一部分的态势，实际上不可能做到。

换句话说，地震的临震预报根本不可能成功。

从理论上说也不可能。

爷爷苦苦寻觅近 20 年，只是在寻找一个根本不存在的东西。

我在青烟后看到爷爷，他的嘴角沉重地下垂着。我知道这个结论无疑是向他的祭坛撒尿。但科学是无情的，科学不照顾个人的愿望。爷爷，请原谅我告诉你这个残酷的结论，但我不会因此放弃努力。

爷爷听见了，默默转过身，踽踽而去。

三

以下摘自一篇小学生作文。

2156 年 4 月 2 日，王老师带我们参观了唐山滦县附近的 87 号超深井的钻进。同学们都说这次参观特刺激、特真实，比往常的激光全息教学课强多了。

参观前，王老师让我们查一查一个世纪前超深井的背景资料。我查到，那时世界上超深井纪录是 12 262 米，在苏联的科拉半岛。中国在江苏东海超高压变质带上打过一个超深井，才5 000米，投资1.5亿。超深井钻进极为困难，费用极为高昂，因为井越深，钻杆越长，大部分能量都被浪费在起下钻杆和克服钻杆的扭转形变上。不过自从激光钻头发明后，这些纪录已经大大改写了，现在25 000米的深井轻飘飘就能实现。

87号超深井是在一口3 000米深的旧裸井上加深。这儿给我的第一个印象是没有高大的钻塔——现场的刘司钻给我们解释，过去那些高大的钻塔其实只有一个用处：起钻时一次能起出尽可能长的刚性钻杆。单根钻杆一般长9.5米，一次起升3根，井架就要高达40米。现在，激光钻头是用柔性钨钢索系连，耐高温电缆也是柔性的，所以钻塔高度只要高于激光钻头的长度就行。

（资料记录：激光钻头直径为78毫米，长5.54米，配套井架高9.8米。）

激光钻头其实就是一根大圆棒，银光闪闪，做工十分精致。现在开始下钻，钻头自带的摄像头把井下的图像送到控制台屏幕上。一个黑洞洞的岩石窟窿，直径比钻头大一倍，被摄像机灯光照亮的岩壁飞快地向上闪过去。钻头终于停下了，离井底有30米，咔吧一声，向四周伸出几十个爪子，把自己固定在井壁上。刘司钻对麦克风说：“各操作手注意，现在止式开钻。”他合上电源，一股极强的蓝色激光从钻头下方射出来，反射过来的余光立即把井壁笼罩，岩壁和钻头似乎都变成了蓝色的透明物体。激光照射到井底，岩石立即气化，变成高温高压的气浪，通过钻头和井壁之间的环形空间，凶猛地向上冲去。井口的强力抽气泵同时开动，高压气流带着惊天动地的啸声冲了出来。在井内气流是透明的，但喷出后变成白色，延伸了100多米。刘司钻急急地调整了消音系统，啸声显著降低了，但是仍

让人头皮发炸。

这以后钻井队就没什么事干了，所有操作转为自动控制。气化的岩石被连续排出，激光束的长度自动延伸。钻进几百米后，刘司钻关闭激光束，把钻头下沉，固定，开始新一轮钻进，这是为了尽量减少激光束在气浪中的衰减。刘司钻自豪地说："这种方法钻进极快，一天能钻 1 500 米，不过它可是吃电能的大老虎，半个城市的电能才够它的饭量呢！"

（资料记录：87 号超深井位于昌黎—蓟县第 7 号东西向断裂带，断裂带的力学性质为压扭，设计井深 25 000 米。）

我们还参观了唐（唐山）津（天津）滦（滦县）区域 2156-7 号消震行动。这回不是现场参观。陈指挥说："没法儿看现场的，它分布在 200 多平方千米的区域，又是在 12 000 ~ 25 000 米的地下起爆，地面上只有轻微的震动。"

我们回到北京，在国家地震控制局（即原来的国家地震局）的控制室里观看了实际操作。这回是全息图像，两束激光互相干涉，打出这个区域的逼真的三维图。图中的不同颜色表示不同的岩石板块，发暗的条纹表示活动断裂带（或重力梯度带等）。暗条纹上下纵横交错，结成十分复杂的立体网络。我同桌付英低声惊呼："我的妈，原来咱们的大地母亲有这么多的暗伤！想想咱们的高楼就建在这样的破基层上，真是可怕。"

陈指挥把岩层图转为应力图。一绺绺叶脉状的红色在岩层上蜿蜒，覆盖了相当一部分区域。陈指挥说："红色表示岩层已进入发生滑动前的临界态，从红色的强度可以计算出，这片区域已孕育出 5 ~ 5.5 级地震的条件。

上百条笔直的红线从地面上向下延伸，各自终止在活动断裂带的某一点，有深有浅，最深的 28 000 米。这就是我们才参观过的那类诱爆井。“28 000 米深的诱震爆破可消去 30 000 米处的应力，而地震震源大部分在 30 千米以内。”陈指挥说。

一个个小亮点开始沿竖井下降，它们表示高能炸药（成分为 N5，即氮的同分异构体）。15 分钟后所有亮点停下来，炸药全部就位。屏幕上打出起爆前的自检结果：起爆井位、井深、起爆量、起爆顺序。检查通过。陈指挥非常庄重地摁下按钮。所有亮点几乎同时闪亮，在周围激出一圈圈涟漪。这是由炸药引起的震波，很微弱，它只起扣扳机的作用，用以引爆岩层中本来就储存的能量。忽然，某处震波被急剧放大，极强的涟漪向四周扩散，就像是推倒了多米诺骨牌，在各处引发强烈的震波。岩层抖动着、滑动着，图像上的红色随即被抹去。

但究竟哪个激爆点能够消除整个区域的临界状态，却完全不可预料。这其实与“临震预报从理论上不可实现”是一致的。

屏幕上打出地震参数：这是一场 5.2 级人工诱发地震，震源深度 21 千米，去应力效果良好。指挥部的人们都屏息静气，像是在等待什么。几秒之后，大楼有了轻微的晃动。“S 波！”年轻人欢呼着。过了几秒又是一阵晃动，比上次稍强些。“P 波！”大家喊着，互击手掌，表示祝贺。

照例得有领导讲话，陈指挥说：

“今天是文郁先生逝世 100 周年纪念日，国家地震局和学校共同组织了这次参观，作为对先生的纪念。文郁先生是伟大的地震学家，150 年前他提出‘低烈度纵火’的思想——以低烈度的人工诱发地震来取代破坏性强震——使地震科学开始了一场革命。现在我国已控制了京津唐地区的地震灾害，下一步将把工作重点移向台湾南部。”

讲到这儿，他忽然收起一本正经的表情，笑嘻嘻地说：“我知道文先生的曾孙今天在场，是哪一位？请站出来！”

我没有吭声，早有准备的王老师把我推出队列：“这位就是，文小虎！”

陈指挥走下讲台，俯下身同我热烈拥抱。“小虎，你应该骄傲，有这么一位伟大的曾爷爷。还不光是你曾爷爷呢，文家是科学世家，从曾曾祖一代的文少博夫妇算起，有曾祖一代的文郁、文容姐弟，祖父一代的文天奇夫妇，父代的文吉光、文吉霞兄妹。你曾姑奶文容也是大师级的科学家，她带领同行消灭了狂犬病毒、水痘病毒、乙脑病毒、破伤风杆菌、炭疽杆菌、黑热病原虫等 36 种病原体，让数千万人摆脱了病魔。小虎，真为你骄傲！”

同学们都羡慕地看着我，女孩儿们的眼神可以说是崇拜啦。不过我不打算买陈指挥的账，我不高兴地说：“我也希望你为我骄傲，不过不是今天，也不是因为我的爸爸、爷爷、曾爷爷、祖爷爷，而是几十年后，当我也成为大科学家的时候。”

陈指挥一愣，旋即朗声大笑：“好，有志气！预祝你早日成功。我这个位置为你留着！”

我摇摇头，说：“我不干这一行，这门学科里的坏蛋已杀得差不多啦，我想搞曾姑奶、奶奶和姑姑她们搞的病毒学。”

“你已经决定了？”姑姑问我，“接我的班，不接你爸的班？”

“嗯！”

姑姑看看爸爸，掩不住嘴边的笑意。爸爸平和地说：“我们当然尊重你的选择，不过，告诉我为什么。”

我摇摇头，说："我不想说，姑姑要生气的。"

"什么话！你接我的班我还能生气？不生气，说吧！"

我有意再退后一步："只是一个小学生的胡思乱想，你们会笑话的。"

"小孩子有时能提出最有价值的思想。"爸爸笑道，"行啦，别卖关子了，说吧！"

于是我侃侃而谈："今天参观后我有一点很深的感触。文郁曾爷爷的成功就在于他用低烈度纵火化解了岩层中的临界态——但为什么医学科学家们却在干背道而驰的事情？姑姑，你们一直用斩尽杀绝的办法建立无病毒的真空，弱化人的免疫力，这是危险的临界态甚至超临界态呀！姑姑，这个超临界态能永远保持稳定吗？"

姑姑非常震惊，沉思半天才喃喃地说："我的小虎侄儿真够狂的，一句话否定了几代医学科学家的努力。"她又陷入沉思，眼神迷惘、心事重重地说："我当然不会马上接受你的观点，不过我会认真思考它。"

那么，我的志愿就这么定下来吧，我要接姑姑的班，做一个医学科学家——但我将干完全相反的事。她们几代人辛辛苦苦建立起无病毒的真空，我要用低烈度纵火的办法破坏它。

我想，总有一天姑姑会承认我是对的。

后记：本文中的观点——地震短临预报不可能实现——是一些西方科学家的观点，在这儿作为一家之言介绍给读者。至于它的正误——科幻作者不为小说中观点的正误打包票。